傳達愛意，就照左側內容執行

六個關於家的恐怖故事

Sawamura Ichi
澤村伊智——著　徐欣怡——譯

獻給已然熄滅的那顆星光

目錄

數位婆婆

〇一

我將全身的重量都壓在徹底變鈍的菜刀上，使勁切下南瓜。咚！伴隨著一聲撞擊，砧板上的南瓜一分爲二，再變爲四。我把四塊四分之一大的南瓜放到桌上，用陳舊的保鮮膜包裝機密實包好，再用鏽痕斑駁的標價機貼上價格。九十八日圓，貼。九十八日圓，貼。九十八日圓，貼。九十八日圓，貼。

我一一拿起南瓜，輕輕放上裝有籃子的推車。推車的置物台上，切塊分好的高麗菜和萵苣堆得像座小山。最後才擺上去的四分之一塊南瓜，在蔬菜金字塔上找不到平衡，眼看就要滾下來。

眼明手快地壓住那四分之一塊南瓜的人，是晚班的佐川千春。

她應該才剛到吧？身上還沒套上藍色夾克的作業服，肩上也仍掛著鼓鼓的托特包。時針指著五點鐘。

「謝啦。」

我出聲道謝，佐川笑著回，「搶救成功。差點就掉下去了呢，惠美。」一邊將蔬菜金字塔擺好。

「這個我來推出去。」

「咦？可是……」

「剩下的交給我們晚班做就好。」

佐川臉上依舊掛著笑容，開朗地說，「多做一點也不會有加班費。」她在裡頭的更衣室兼休息室俐落換好衣服，說聲「辛苦啦」，就颯爽地跑過工作人員專用的後場。我望著她的背影，揚聲說「謝謝妳」。她在員工出入口回過身來，笑笑朝我揮手，接著就一溜煙跑進店裡。

我長吁一口氣，慢吞吞地開始收拾東西，準備回家。

佐川人很可靠。我來「生活超市」打工都要兩年了，還老是出差錯，每次都靠她出手解圍。我眞的很感謝她，慶幸自己能遇到這樣的好人。她體貼的心意眞的讓我很高興，剛剛的事也一樣。

只是，我不想五點一到就下班回家。正確來說，我是不想回家。只要一想到家裡，我一顆心就直往下沉。

即使我很清楚有堆積如山的家事正等著我回去做，即使與老公和兒子共度的時光本身很愉快，仍是無濟於事。

光是一想到要回去有婆婆「在」的那個家，我瞬間就全身沒了力氣。

晚班的前輩接二連三來了。我一一打完招呼，換好衣服後便走出更衣室，到裡頭文件堆積如山、約莫一坪大的小辦公室打卡。將卡片壓進打卡機後，響起嗶嗶、喀哩喀哩，機械運轉的聲音，機器在標有今天日期的那一欄，印上了下班時間及工作時數。以黑點寫成，模糊難辨的數字。

這裡真是太落後了，我在內心翻了個白眼，居然還在用紙本管理工作時間。打卡機長得像座金庫，外觀厚重又四四方方的，卡片也是黃橙相間的厚紙板，跟二十年前我還是高中生時一模一樣。現在這種時代應該要用平板電腦來管理才對，只要使用專用應用程式，一切根本輕而易舉。連第二次的東京奧運都結束這麼久了，這間店卻依然保持舊時代的面貌。不光是管理層面，工作內容也不惶多讓，連一般家庭都比這兒先進多了。

透過平板電腦確認家中冰箱內的庫存，裡面的感應器會將資訊傳送到應用程式，一眼就能知道蔬菜室有多少菜，冷凍庫有多少存貨，其他地方又擺了些什麼。蔬菜室幾乎空了。

我在店裡採買完，才離開「生活超市」。方才向蔬菜區的佐川再次道謝時，她笑著回，「小事，回家小心。」

走在黃昏時分的大馬路旁，寒意隨著冷風滲進身體，雙手提的塑膠袋十分沉重。我肚子餓了，腦袋呈現放空狀態，但我鼓舞自己，還有精神想食物就沒問題！發出「嘿咻」一聲，重新將袋子拿穩。

在住宅區的正中央，兩層樓高的獨棟家門前，我順了順呼吸。這是前年剛蓋好的新屋。我家比隔壁更新穎，外觀雅致又大方。

不過，內在想必比隔壁過時多了吧。

我穿過那扇徒具形式的無用大門，爬上三階樓梯，來到玄關門前。我兒子——健斗好像回來了，二樓窗戶透著亮光。

玄關的電燈原本只要一感應到動態及體溫就該自動點亮，但現在一如所料沒有亮起。不是它壞了。這是誰幹的好事，我連猜都不用猜。

我放下塑膠袋，從包包裡掏出卡片夾，蓋在門旁的感應器上。嗶，響起一聲，感應器亮起綠光，叩～伊～，鎖盤旋轉發出一道長聲。

但旋即又有一下鎖盤旋轉聲響起，導致玄關原本應該「喀嚓」開啓的門，再度鎖上。

又來了，心底湧現出滿滿的無力感，同時，包包震動起來，是平板電腦。這也是一如往常的慣例。我從包包中拉出平板，液晶螢幕上顯示著以下文字。〈來自石嶺咲子的1則訊息〉。

是婆婆，我煩躁地點下液晶螢幕。

〈打工辛苦了。妳今天也回來得很晚耶，健斗肚子都餓了。〉

除了挖苦外別無他意的文字顯示在眼前。就連濃縮過的精簡文句，看起來都礙眼無比。

〈抱歉，買晚餐的菜花了一點時間。我以後會注意。〉

我這麼回。五秒鐘不到，平板就震動起來，回訊來了。

〈妳不是每週都規劃好要採買的食材嗎？〉

又立刻來了一則訊息。

〈妳上週四這樣說過。〉

接著再來。

〈——我不是要講妳，但既然每週規劃好採買量，現在又多買，在家計上也會造成——〉

我想起來了。因爲她每次都對我煮的飯指手畫腳，上次才忍不住回了那種訊息。但實際上，我並沒有那麼仔細規劃，頂多是「也不能說沒在計劃」這種程度而已。我只是想堵她的嘴。當時她立刻就安靜下來，我鬆了一大口氣，根本沒想過會變成她日後反擊的把柄。

〈臨時有食材需要買，就表示惠美妳事先的規劃有疏漏吧？〉

讀著那簡直像在乘勝追擊的文字，我恨恨地投降。

〈抱歉，下次會注意。〉

〈如果妳在生活費的安排上有什麼不懂的地方，隨時都可以問我。〉

貌似熱心、實則輕蔑的文字。我從來都無法習慣。豈止無法習慣，我一天比一天還要憂鬱。我差點要嘖地咂嘴時，叩~咿~，門鎖開了。我拉開門，用單腳固定住，再彎下腰抱起那兩袋食材，走進家裡。終於。費盡千辛萬苦。

「我回來了。」

脫著鞋，我朝走廊揚聲喊道。健斗沒有應聲。

感應照明一個都沒亮。我瞇細眼睛走上昏暗的走廊，穿過客廳，抵達廚房。

我打開冰箱，將買回來的食材一股腦塞進去，吧檯的另一頭，電視亮了。螢幕顯示出與平板電腦相同的訊息服務介面，在漆黑的客廳亮起一絲光線。

〈妳買了很多耶。沒有深思熟慮的花費，對家計很傷吧。走回來的路上想必也提得很累，辛苦妳了。〉

螢幕顯示的文字由一個女性聲音流暢地讀出來。

我在平板的觸控面板點下〈不會，小事〉，回訊過去，朝走廊呼喊「健斗」。

〈他在寫作業。〉

電視傳來冰冷的聲音。

〈我正幫妳顧著。惠美，妳會算雞兔同籠的問題嗎？〉

我嘆了一口氣。

〈不會。〉

〈那就麻煩妳專心煮晚餐。適才適所，我們分別在自己擅長的地方努力吧。〉

〈嗯。〉

〈「嗯」是對長輩的態度？〉

〈是！〉

〈妳只要說「好」就夠了，我們又不是長官跟下屬的關係。〉

〈好。〉

訊息停了。我才發現自己一直屏住呼吸，緊繃地盯著電視螢幕，不禁雙手撐住流理台，喪氣地垂下肩來。光這樣就讓我精疲力竭了。

嗶嗶，背後響起警告聲的同時，電視這麼說道：

〈冰箱的門一直開著喔。〉

我甩上冰箱的門。砰！聽到一聲巨響我才回過神，下意識地屏息望向電視螢幕。

隔了好一會兒，婆婆傳來了這條訊息。

〈門要輕輕關上比較妥當吧，不然以後可能會成爲故障的原因，而且，不能當健斗的壞榜樣。〉

讀著字句的女性聲音傳進耳裡，我又嘆了一口氣。這幢屋子也設有超高靈敏度的震動感應器，是爲了萬一自家發生地震時，可以透過網路通知仍待在外頭的家人。原本是爲了這個用途才開發出來、裝設在家裡的裝置。

並不是爲了從遙遠的地方監視媳婦怎麼開門關門。

婆婆人在關西的養老院。

同時也「在」這個家裡。

她透過網路裝置及應用程式，從房子和家電上裝設的各種感應器，掌握住這個家的大小情況。每次只要一發現什麼蛛絲馬跡，就會立刻來訊責備我。自從這幢屋子蓋好，我們搬進來住開始，一直都是這樣。

廚房的電燈無聲無息地亮起。

晚餐快煮好時，客廳的燈亮了。我抬起頭，健斗走了過來，皺眉問，「還沒好嗎？」

「奶奶剛剛跟我說差不多要煮好了。」

「抱歉，還要再一下。」

我擠出笑容回應。健斗一副無可奈何的表情，在沙發躺下，對著自己手中的平板電腦，用正值變聲期的低沉聲音說：

「媽說還沒好喔。」

接著，就直盯著螢幕。就算隔著這麼遠，我也曉得是婆婆回訊息了。肯定是些表面上在為自己的雞婆道歉，實際上卻在責怪我的內容吧。

我按捺住衝上心頭的怒意，繼續煮菜。

我和健斗兩個人正在吃晚餐時，玄關響起門鎖開啓的聲音。走廊的燈亮起。

「我回來了。」

我的老公泰明回來了。他脫下大衣，半開玩笑地說，「天哪，今天也累死我了。」神情雖略顯疲憊，但他依舊帶著笑意。

他換好家居服，在餐桌坐下，雙手合掌說完「我開動了」，才動筷吃飯。他拿筷子的姿勢一如往常十分優雅，還一邊吃一邊頻頻讚美「很好吃」、「喔，是新菜」，聽得我心花怒放。

老公是個好人。自從我們認識以來，他的溫柔體貼都不曾改變。這點讓我感到十分慶幸。兒子只是正值青春期，比較叛逆一點，但沒有走上歧途。家計上錢也算夠用，養老院的費用都繳得出來。

唯一的問題，就是住在養老院裡的婆婆。

老公吃飽飯，洗完澡，就坐在沙發上滑平板。他正專心地閱讀著什麼，偶爾分神回幾則訊息。

我端了一杯茶放到沙發前的桌子上，他笑說，「啊，謝啦。」

「你在看什麼？」

「很久以前的科幻小說。」他把平板電腦架在圓滾滾的啤酒肚上，「很有意思，只是細節有一點過時。舞台背景設定在宇宙，故事相當壯闊，但電腦螢幕上的文字是綠色的，還出現了磁碟片。裡面說它有超大容量，講得多厲害的樣子，結果只有五MB。

我嘴裡喝到一半的茶差點噴出來。只有五MB，連一張原始圖檔都放不下。

「很有意思？是指很好笑嗎？」

剛剛那段敘述，由在宇宙通信局工作的泰明看來，更是個天大的笑話吧。

「不是。」他語氣熱切起來，「是內容還滿有意思的。應該說，很厲害。在講人類去到宇宙或其他星球後，思考邏輯跟價值觀都會徹底改變。連在太空船上，每個世代的價值觀也都在改變。太空船寶寶根本沒親眼看過大地或地面，像『腳踏實地』這句大家常講的成語，他們就沒辦法理解。還有——」

望著他如孩子般熱忱分享的純粹神情，我的心情卻漸漸黯淡。

「我們不是常聽上一代的人講嗎？『打電話到女朋友家裡，結果是她爸接的。連那有多麼尷尬都不曉得的世代，怎麼可能有什麼出息。』當然那些話一半是在開玩笑，但也代表了這東西現在有多普及。」

泰明舉起平板電腦，興致勃勃地繼續說：

「價值觀跟習慣已經在改變。其實生活也像科幻故事，妳不覺得很有意思嗎？只是我們每天過日子，不會明顯察覺技術一直在進步，全世界跟人類正不斷隨之改變，這些平常都很難注意到。」

聽他這麼說，我點頭應和「說的也是」。

可是無論技術進步了多少，有些事仍絲毫沒有改善。別說是改善了，根本就是更加惡化，譬如婆媳問題。

我有一股衝動想這樣反駁他，最終還是忍了下來。

〇二

高度發展的科技與魔法沒有兩樣。

昨晚閒聊到最後，泰明講了這句話。他說是某位已逝科幻作家的名言，不，定律吧。

躺在漆黑房間的床上，我重新詮釋了那句是名言或定律都無所謂的話。

在我眼中，高度發展的科技既非技術也不是魔法，不過就是一種手段。

婆婆不過就是單純使用養老院發的平板電腦而已。不過就是單純連上網路，造訪各種網站閱讀文章，下載五花八門的應用程式而已。不過就是將平板電腦與兒子的房屋及家電連上線，跟我們進行交流而已。就像寫信、打電話，直接碰面講講話，或是招待茶點一樣。

而那些裝置裡運用了哪些技術，婆婆多半不曉得。那些公開在網路上用來占領家電感應器的應用程式是誰寫的，她一定也不知道。至於那些文字量龐大的使用說明，就更不用說了。

即使不需相關知識也能使用，那不過就是手段。

腦中轉著這些念頭，我整個人都清醒了。身旁的泰明呼聲大作，睡得很香甜。枕邊的鬧鐘指著早上六點。

我在廚房忙著煮早餐，電視螢幕突然亮了。

〈早，妳們那邊很冷吧？〉

〈滿冷的。早安。〉

〈妳們在爲第二胎努力嗎？〉

我驀地停下手上動作，愣在瓦斯爐旁。平底鍋裡的煎蛋，蛋白正開始凝固。

〈如果眞是這樣，我很高興，又有動力活下去了。〉

女性聲音毫無情感地唸出這幾句話。婆婆的這則訊息到底是什麼意思？我在平底鍋前陷入沉思。我試圖說服自己這只是碰巧，不可能的。

我跟泰明昨晚相隔許久終於又親熱了，婆婆的話就是在指這件事。只有這種可能性，但她怎麼知道的？家裡的震動感應器應該沒有這麼靈敏。

〈這是指什麼呢？〉

我回信確認，過了一會兒。

〈妳知道最近的床都有裝體溫感應器嗎？可以偵測使用者的體溫及身體狀況的變化。昂貴機種還會搭配全套設備，足以應付看護的需求。〉

妳騙人。我沒辦法這樣反駁她，只能一直盯著荷包蛋。我不可能把使用手冊整本背下來，購買時也沒有確認過是否具備這種功能。或許真的有，只是我不記得了。

〈這件事好像已經在全國引發了各種爭議。前天我在新聞上看到有件案子是，第三者在當事人不知情的情況下，得知那對夫婦親熱的週期和頻率。我有點擔心就試了一下，果然如此。〉

焦臭味瀰漫整個廚房，我才回過神，手忙腳亂地抓起平底鍋，將荷包蛋盛到盤子上。禍不單行，背後的烤土司機也冒出陣陣黑煙，我趕緊抽出已經烤焦的吐司。

〈剛剛是我開玩笑的，呵呵呵。〉

「呵」這個音節重複了三次的嘲諷笑聲，在我耳裡縈繞不去，幾乎耗盡我的理智。我虛脫跌坐在廚房地板，吐司掉落腳邊，焦黑碎屑四散在廚房腳墊上。

電視螢幕暗了下來。

「早。」

這時，泰明揉著惺忪睡眼出現在客廳。與剛撿起吐司的我對上目光後，他下意識瞥了一眼二樓的情形，才略微害羞地問：

「怎麼了？是因爲昨晚我們那樣所以太累了嗎？」

我終於下定決心。這已經超過我的忍耐限度了。

我使出全身力氣將南瓜劈成兩半，磅地好大一聲，南瓜翻倒在砧板上，紛亂的內心才稍稍冷靜了些。我深吸一大口氣，再緩緩吐掉，繼續像台機器一樣不停歇地切南瓜。

腦海中反覆播放今早發生的那件事。

我把至今爲止和婆婆的對話，她的那些小伎倆，全都一五一十地告訴泰明，還拿平板電腦給他看今早的訊息。然後，泰明「嗯」地沉吟著。他沉吟了很久。在桌子對面的他雙手抱胸，微屈著上半身，擺出似有幾分刻意的苦惱神色，然後講了類似這種意思的話。

「媽應該是很寂寞吧。」

我一聽差點就要大聲起來，在最後一刻才忍住。

「就算這樣，有些事還是不該做。」

「沒有實質上的損害吧？」

泰明平靜回應：

「惠美，她沒有竊取妳的個資或是擅自刷我們的卡買東西之類的吧。」

「那是沒有。」我握著筷子的手不禁收緊，「但這些舉動讓我非常不舒服，這難道就不是實質上的損害嗎？精神上的痛苦不算實質損害嗎？」

「妳就多包容一點。」

他將麵包塞入嘴巴，迅速大口吞下，露出認真的神情說：

「拜託啦。我這樣說雖然有點殘酷，但妳不需要再忍耐很久的。」

我幾乎要脫口問出「我跟你媽，你要選哪一個」這種老掉牙的問題，但我只是長嘆口氣，避開他的目光。

泰明是好人。正因如此，他十分同情自己媽媽孤零零待在養老院的處境，才會幫她講話，也才會要求我多包容一點。不過此刻，他的善良只讓我怒不可遏。

我將切好的大量四分之一塊南瓜一一搬到推車上時，佐川說著「辛苦啦」，走進後場。她向我投以微笑，便朝辦公室走去。喀哩喀哩、嗶。打卡的聲響傳來。時鐘指著四點四十五分，到換班之前還有一點時間。

佐川換好衣服走出更衣室時，我叫住她。

「可以借用妳一點時間嗎？」

「嗯？蔬菜嗎？」

「不是，那個……」

我下意識左右張望後場的情形。擺滿庫存的貨架。放不進架上的商品都裝在堆得高高的紙箱裡。頭上監視攝影機的螢幕顯示出店裡的情形。

沒有什麼不對勁的東西，看起來沒有任何物品連上網路。

「其實，是我家裡有點事——」

我扼要描述了婆婆做的好事，佐川的臉色越來越凝重。我講到一半時，她還瞄了一下周圍的動靜，一眼就能明白她是在跟我擔心同一件事。

我說完後，她雙手抱胸沉吟了片刻，略屈著身子陷入思考。她的反應跟泰明一模一樣，我內心的不安逐漸擴大。

「原來是這樣。」佐川重重點了個頭。頓了幾秒，才又接著說：

「跟我們家一樣。」

我不禁「咦」了一聲。

「從我們搬到現在這間房子開始，就一直是這樣，差不多要十年了，所有感應器都在她眼皮底下。」

佐川若無其事地說，接著無奈笑道，「唉——眞的是煩死了——」我十分震驚，卻又暗自慶幸，找她商量是正確的。

她突然豎起食指。

「有三種應對方式，一是長期抗戰，設法跟婆婆打好關係。這算是最成熟、最漂亮的處理方式吧。」

我先是點頭應和。「我沒辦法」這種拒絕之詞可以晚點再講。

「第二種，全面應戰。妳婆婆的做法確實滿恐怖的，但也有弱點——她何時在哪裡做了什麼，全都留下紀錄了。」

這次我用力點頭，的確如她所說。

「那些紀錄能派上用場。不只是有法律上的效力，單純向其他人說明時也足以佐證，所以妳要把這些紀錄都保存好，累積到一定數量後，再一口氣來個絕地大反攻。所謂君子報仇三年不晚，只是我們得多學點知識，也必須忍耐好一陣子，需要毅力。」

佐川神情認眞地繼續說：

「再來是第三種，可以說是最常見的，也是自古以來媳婦選擇的應對方式。」

她又一次左右張望，確認四周情況，才說：

「維持現狀，左耳進右耳出，再另外找人吐苦水。」

接著笑道，「就像現在這樣。或說，像我一樣。」我也跟著笑了。

結果還是回到這條老路。我難免有點失望，但找人傾吐後心情確實輕鬆了些。

「謝謝。」我向她道謝，鼓起勇氣說，「總、總之，能找人講出來眞是太好了。那個——老太婆的事。」

佐川豪爽地哈哈大笑。

那天後，我每次去打工時都會抓緊換班前的短暫時間，跟佐川抱怨婆婆。我盡可能避免讓談話內容太過沉重，這或許也是受到她的影響，因爲佐川每次聽我發牢騷時，態度都很輕鬆。

「石嶺家的數位婆婆最近又有什麼新鮮事呀？」

佐川替婆婆取了這個綽號，光這樣就讓我感到婆婆好像成了漫畫角色，猶如一個滑稽又荒謬的虛構人物。

儘管門鎖遭她操控，家中的電燈依舊經常擅自點亮熄滅，電視及平板一天到晚都傳來各種曉以大義，我的心情卻漸漸不受影響，因而疲憊的頻率也大幅降低。我的心態甚至轉爲像「這件事一定要告訴佐川！」、「很好，收到今天的本日佳句了！」這樣，開始收集發牢騷的話題。

第三種方式眞的很有效。我親身感受到它的威力，繼續將數位婆婆的線上欺凌當作耳邊風。

可是——

〈今天也辛苦了。〉

晚上十點，我正在看電視新聞時，螢幕畫面突然切換，顯示出這句話。我啜了一口咖啡，敲著平板輸入文字。

〈應該的。身體還好嗎？〉

大概是我心情上有餘裕了，後面還能眞誠關心她一句。我靠在沙發上，盯著螢幕等待回音。

〈正常運轉中。〉

機械人聲讀出這短短幾個字。運轉？什麼意思？這一點應該要回應嗎？還是該帶過去就好？我拿著平板電腦正在思索下一步。

〈數位婆婆在晚間黃金時段也全速運轉中。〉

平常她都自稱「媽」，今天卻寫了「數位婆婆」。

我原本慵懶靠在沙發上的後背驀地僵直，目光死死盯著電視螢幕。爲什麼？怎麼可能？無數疑問在腦中不停打轉。

〈生活超市的所有店鋪裡〉

螢幕上出現一句打到一半的話。後面內容還沒寫好嗎？我在等待時，後背漸漸濕了。冷汗直流。隔了好一陣子，才顯示出一段長文。

〈後場都安裝了監視器。從去年開始的。因爲這幾年發生多起疑似內部人員所爲的偷竊案。安裝監視器這件事，只有正式員工曉得。公司好像下了封口令，但已離職員工就不受束縛了。〉

好幾段文字接連躍上螢幕，機械人聲宣讀的速度都要跟不上了。

〈拍下的影像都會保存在辦公室的硬碟裡，也會同步傳到總公司。外界要取得資訊太容易了。雖然聽不見聲音，但世界上有一種非常方便的應用程式，光靠讀取畫面中嘴唇的動作，就能將談話內容轉成文字。〉

我拿著平板電腦的手不住顫抖。

〈我當然不曉得妳們全部的談話內容。不是每次人都會剛好站在鏡頭裡，就算站在裡面也不見得會拍到嘴，應用程式的準確度也是差強人意，花了我不少時間。我話先說在前頭，這一連串行爲在法律上沒有任何問題，頂多算是用在滿足個人興趣的範圍。臭老太婆駭客的報告就到此爲止，晚安。〉

電視螢幕瞬間一片黑。我拿起遙控打開電視，它又立刻自行關掉。試了兩次都徒勞無功後，我便放棄了，用平板電腦送出〈對不起。〉這則訊息。臭老太婆駭客正是我今天剛在後場說出的稱呼，當時佐川聽了還捧腹大笑，我也覺得身心舒暢，還順勢連叫了好幾次。

原來全都洩漏出去了。就連那種跟不上時代的小型超市後場也逃不過魔掌。

她沒有回訊。即使我寄出〈眞的很抱歉〉、〈以後不敢了〉，也沒有收到任何回音。我絞盡腦汁苦思該寫什麼來請求原諒，雙手緊緊抱著頭。怎麼辦？我該怎麼做才好？

「媽。」

門邊傳來一道悠哉的聲音。我抬起頭，健斗就站在門前，他剛洗完澡，正在擦頭髮，表情無辜地詢問，「我可以吃冰淇淋嗎？我今天放學回來時沒吃。」這是我們家的規矩，一天只能吃一個冰淇淋，基本上是回家後，只要說一聲晚上吃也行。

我裝出平靜的神情，點點頭，他啪搭啪搭地赤腳走向廚房，打開冷凍庫拎出一枝冰棒，撕開包裝，將冰棒叼在嘴裡。他正吃得津津有味時，突然說出驚人之語。

「我比較想要弟弟。」

我花了一點時間才明白他話中含意。

「……你在說什麼？」

「你們不是正在努力做人嗎？」健斗一副稀鬆平常的模樣，「奶奶也很期待喔。」

「奶、奶奶告訴你的？」

「嗯。」

他嘴裡還含著冰棒，一手將平板的螢幕送到我眼前。

「她說妳們最近沒在避孕，可以開始期待了。」

一陣暈眩襲來。婆婆連這種事都講。那個臭老太婆駭客。然而，不光是這樣而已。

「那、那個，健斗。」

我尖聲提出疑問，「奶奶教過你那種事嗎？」

「什麼事？」

「那個——性教育方面。」

「嗯。」健斗用牙齒將剩下的冰棒全刮進嘴裡，理所當然似地回答，「很久以前就開始啦，她說現在大家都是這樣子。」

等他走出客廳，上樓梯的腳步聲也逐漸遠去之後，我狠狠捶了沙發。我捶了一下又一下，差點就憤而把平板電腦砸向電視，費盡全身力氣才勉強按捺下這個衝動。我一邊試圖調勻呼吸，腦中飛快地轉個不停。

婆婆不光是監視我，也不僅是欺壓我。

她還擅自教育我的兒子，她這樣做已經等同於洗腦了。

婆婆想要從我手中搶走健斗。

不——搞不好已經被她搶走了。

我動也不動地盯著漆黑的電視螢幕。

〇三

星期二早晨，我送老公和兒子出門後，就立刻換好衣服，衝出家門。我將平板電腦拿給早已等在車站前的佐川，她露出鼓勵般的笑容，誇張地說：

「祝妳順利。妳的對手比我們家那個還要強好幾百倍。」

我敬禮答了一聲「遵命」，便朝剪票口走去。轉車後，又買了車票和自由席的特急券，搭上新幹線。付款時我全用現金結清，還將所有能設想到的準備工作都事先安排好。

今天到傍晚之前，我都會跟佐川一起逛街。我們定下這項虛假的行程。無論在後場談天或傳訊交流時，我們一直在對話中釋放出這項訊息。聽說有家名店剛開幕。家裡的那個要補貨了。這個也得換新的了。基本上這些全是事實，只有今天此刻要去逛街這件事是假的。對泰明和健斗，我也是告知虛假的計畫。

新幹線開了，我攤開地圖，查看從大阪前往養老院的路徑。我好久沒看紙本地圖了，在街上小書店買地圖也是許久不曾有過的舉動。

佐川現在應該眞的去買東西了，就在近郊剛蓋好的大型購物中心，和她的朋友一起。

婆婆搜尋平板電腦的定位時，應該會以爲我按照計畫去買東西了。至於萬一婆婆傳訊息來該怎麼應對，這個問題我苦惱了很久，卻依然想不出好辦法。

我正想傳訊息關心佐川買東西的情況時，才想到我的平板電腦都已經給她了，我是要怎麼跟她傳訊息。居然連這麼理所當然的問題都沒想到，我對於自己的疏忽感到相當傻眼，再度將視線垂至地圖上。

有必要做到這種地步嗎？一直到今天早上爲止，我還一再反問自己。可是那個臭老太婆駭客的能力遠超乎我的想像，還是謹愼點好。儘管諸般不便，只要能成功瞞過婆婆偷偷去找她，一切就値得了。

如果她眞的是出於寂寞，那光是碰面聊聊天就能讓她有所改變吧？我心存積極正向的期待，但同時也抱持著消極黑暗的猜測——那個壞心的老太婆被我先下手爲強，說不定會氣瘋。我心懷兩種背道而馳的念頭，瞪大眼看著地圖，一遍又一遍確認前往養老院的路徑。

從新大阪站下車後，要搭ＪＲ山陽本線寶塚線到寶塚站，再去徒步距離一分鐘的阪急寶塚站轉搭今津線，然後在兩站後的逆瀨川站下車等公車。

我靠在長椅上，長長吁了一口氣。我光是來到這裡，就已經精疲力盡了。一路上我常以爲自己迷路了，內心充滿不安，實際上也確實迷路了好幾次。我想靠自己找到正確的方向，但我根本搞不清楚東南西北，只好頻頻向站務人員或附近路人求救。

沒想到只是身上沒了平板就如此寸步難行。明明念小學時沒有平板人也活得好好的，現在怎麼一點都想不起當時怎麼過的了。

公車終於來了，車頭寫著「石楠花之園」，正是婆婆所在的養老院名稱。我慌忙從錢包中掏出零錢，司機卻冷淡表示「下車再付」。光是這樣一個小插曲，身心的疲憊就又多了幾分。

公車爬了二十分鐘的坡。「石楠花之園」建在一座略高的山頂上，半路上雖然經過一些學校及公寓大樓，不過養老院周遭再沒有其他建築物，只有長了一整片徹底染紅的茂密樹林。我付完車資，下了公車，便逕自穿過老舊的大門，朝入口走去。

「我來看石嶺咲子，我是她媳婦，長男的妻子。」

我在櫃台這麼說完，年輕女職員露出笑容，開口說道：

「麻煩您出示一下身分證，沒有預約的人需要按照這個程序來。雖然有一點不方便，但本院非常注重安全管理，請您多多包涵。」

她就像在背誦手冊一樣。我朝著那位笑容依舊完美的女職員，遞出健保卡。「接下來請您填一下這個。」職員拿出一台大尺寸平板電腦及觸控筆，放在櫃檯桌面上，液晶螢幕顯示出入館手續的文件。

我遲疑了。只要填寫這份文件，恐怕就會立刻有人打電話到婆婆房間或傳訊到她的裝置，或兩者皆是。她也就會曉得誰來了。我要問看看是否能改填紙本文件嗎？就說由於資安問題，我一向不在平板上留下個人資訊。

一樣的，我立刻就想到了。我一填好那張紙，肯定就會有職員打電話或透過其他途徑通知婆婆，時間差距連一分鐘都不到吧。換句話說，這裡就是終點了。這一趟躲過婆婆法眼的祕密行動，就到這個櫃台爲止了。

我在平板上輸進姓名及其他資訊，職員對照健保卡確認無誤後，便將健保卡還給我說，「謝謝。」她的手指在液晶螢幕上滑個不停，輕敲螢幕的舉動看起來甚至有幾分刻意。她盯著螢幕看了一會兒，便走出櫃檯，「我來爲您帶路。」

這一刻，婆婆已經知道我來了。

這個念頭令我全身霎時緊繃起來，心臟劇烈跳動，腳步遲遲踏不出去。我忍不住想像她這瞬間的反應，是大吃一驚慌張失措呢？錯愕到愣住呢？還是心想等妳好久了，臉上露出不懷好意的笑容呢？抑或是——

我驀地發現女職員正用訝異的眼光注視著我，趕緊跟上去。

在用色統一的清淺暖色系走廊上，女職員領著我向前走。牆壁在腰際高度裝有扶手，地板上鋪著巧拼，幾乎聽不見腳步聲。這裡好安靜。此刻我才終於注意到一件事。

這裡一個人都沒有，我一次都沒遇到其他住在這裡的人。

無論是大廳椅子上，外面庭院裡，都沒有老人聚集的身影。就連我們現在走過的這條走廊也是。

「那個……」我出聲劃破寂靜。

「這裡實在好安靜。」

「嗯。我們的隔音很完善，外界噪音絕對不會傳進——」

「不，我不是這個意思，我是說，都沒有人出聲音。」

「原來如此。」職員臉上依然掛著笑容，「大家都在房裡從事自己的嗜好。」

「這是說……」

「數位裝置。玩遊戲、看影片、上網，也有很多人喜歡視訊或傳訊息聊天。他們待在房間裡就能跟親朋好友交流了。」

那位女職員一臉滿足地下了結論，這個時代眞好呢。我連說聲「是啊。」附和她的力氣都沒有，只能「哈哈」陪笑兩聲以示回應。我正在一步步接近婆婆，生死對決這個誇張的字眼閃過腦海。

轉過長長的走廊，職員很快就在一扇貼著「124」牌子的門前停下腳步。數字下方，寫著「石嶺咲子」。

女職員握住大把手將門拉開，那扇門就悄然無聲地開啓，空蕩蕩的狹小房間出現在眼前。女職員說完「請進」，就轉過走廊離開了。我先順了順呼吸，才跨過門檻，緩緩走向房裡的大型照護用床。

婆婆躺在床上，棉被蓋到脖子，一台大大的平板電腦遮住了臉，我看不見她的表情。那台平板用白色支架固定在她鼻子前方，我看得出來她的脖子正不停細微晃動，慢了一拍才想到她是在用視線輸入。她在打字嗎？還是正在網路上查東西？

儘管我站在她的枕頭旁邊，她卻沒有任何反應。

「……我是惠美，午安。」

我從平板電腦的後方出聲，原本晃動的脖子霍然靜止，過了一會兒，支架安靜無聲地慢慢朝天花板上升。

一張乾癟的老婆婆臉龐出現眼前，皺紋滿布，看不清她的神情。刮短的白髮，濕潤的小眼睛，微微張開的嘴角上掛著晶瑩的唾液。

婆婆徹頭徹尾變了一個樣。我們最後一次碰面，就是在她搬進這裡之前，當時應該還沒有衰老成這樣。眼前的畫面跟我的記憶無法吻合，跟這些日子每天傳來的訊息更是對不上。

「我是惠美，泰明的老婆。」

以防萬一，我表明自己的身分，但她仍舊沒有任何回應。

「好久不見了。」

打完這聲招呼，我擠出笑容。我早就決定到了這裡，一見到她就要先來個下馬威。她依然沒有回答，甚至沒有任何反應，只是睜著那雙不帶絲毫情感的眼睛，抬頭盯著我。

「那個……媽？」

我叫她的聲音狼狽到自己都要聽不下去，我完全沒預料到會是這種情況。我只猜想過兩種可能，房裡的人要不是精神矍鑠的壞心老太婆，就是寂寞無依的孤單老婆婆。我現在心臟怦怦直跳，這並非出於緊張，而是不知所措。

婆婆的臉色灰敗。更精確來說，是不知何時轉爲灰敗了。

她的目光沒有焦距。她只是面對著我，但並沒有在看我，口水順著臉頰一路流淌到脖子上。

我心驚膽顫地伸手碰了碰她的臉，才恍然大悟，立刻用力拍打枕頭旁的呼叫鈴。

○四

婆婆的死因是心臟衰竭，享年八十。雖然有點早，但年紀也到了，算是壽終正寢。醫生這麼說，聞訊趕來的泰明也是這麼相信。

我解釋自己去找婆婆的舉動是出於一種「第六感」。泰明或許情緒太過低落，一絲懷疑都沒有，反倒十分感激我，謝謝我在婆婆臨終時來見她。我搪塞過去後，便投入葬禮的準備工作。

婆婆在平板電腦留下的那篇長文，早讓我悄悄刪去。內容如下：

〈謝謝妳來，但老實說，我並不希望妳來，原因就如妳所見，我不想讓人看見這副模樣。自從住進這裡，身體就日漸衰弱，最後能做的只剩玩平板了。這樣也是滿開心的，我樂此不疲於上網，結果就漸漸連自己下床、開口說話的能力都失去了。我不希望讓你們看到我這副模樣。我原本就是個累贅，要是你們看到我現在的樣子，肯定就不要我了。幸好我至少還能在網路上正常活動，我變得比以往更加熱衷，也就越用越純熟。這時我心生一計，我要裝出精神奕奕的樣子，向兒子一家主動出擊，表現出自己依然活力充沛。可以作爲參考的前輩有一大把。〉

〈我立刻就發現自己過分了，但我克制不了衝動。反正泰明身邊有老婆在，妳也有家人陪，而我只有在刺探妳的隱私。只有跟妳過招時，才能忘掉自己的現實狀況，忘掉自己困在床上日益衰弱，未來僅是等死的悲慘命運。〉

〈眞的很抱歉，我不會辯解，畢竟我干擾了妳的生活，經常惡作劇讓妳既苦惱又氣憤，都是毫無疑問的事實。其實，我很希望能親口向妳致歉，只是我卻連這個都做不到了。我知道這樣說很自私，但我希望看見這篇長文的妳不要看我，絕對不要去看我躺在床上的模樣。〉

〈這是數位婆婆的請求。也拜託妳千萬不要告訴泰明跟我可愛的孫子健斗，我最後是這副模樣。啊啊，總算寫完了，幸好來得及。一切就拜託妳了。我好痛苦救我〉

婆婆因我突然造訪而震驚過度，在匆忙寫下這篇長文的過程中，原本就孱弱不堪的心朧驀地停止。這個可能性非常高。實際上我內心不由得這麼想：

是我間接殺了婆婆。

我們家的氣氛就如同火焰熄滅般變得十分陰沉。葬禮結束、撿骨完後，生活是回到原本的步調，可是泰明依舊十分消沉，健斗也變得話很少。

「我之前常找奶奶商量事情。功課，還有一些其他的。」

吃晚餐時我開口問他，健斗低垂著頭這樣回答。其他的，具體來說像是什麼呢？我很在意，但沒有問出口。

另外一件讓我掛心的事，是佐川的無心之言。

我在養老院確定婆婆離世之後，先打電話告訴泰明這件事，接著也打了電話給她。一開始她都回了些「節哀順變」、「這眞是太遺憾了」這類正常的安慰話語，但就在要掛上電話之前，她嘆息地低喃：

「這下搞不好眞的要變成跟我們家一樣了。」

我感到一種空虛。現在回家時門都能順利開啓再關上，我在自動點亮的燈光下走來走去，獨自完成家務。明明這是再理所當然不過的事，這才是正常情況，我卻感到索然無味。連我自己都相當意外。或許過去在我心底深處其實覺得與婆婆過招十分有樂趣。甚至我驚訝地領悟到，那些互動讓我感覺到身在遠方的婆婆，依然是這個家裡的一員。

內心彷彿開了一個大洞。我就帶著這樣的心境，一天過一天。

泰明夜夜都喝得爛醉如泥才回來。每天午夜十二點前後，去玄關把一進家門就睡倒在地的他扶回床上，成了我的例行公事。

健斗的成績一落千丈。我沒辦法教他學業，便建議他去補習，他卻始終不肯點頭。

婆婆死後兩個月的某一天。

打工結束後，我先在生活超市採買，再兩手提著塑膠袋回到家。在電燈自動亮起的玄關前，我先將袋子放到一旁，拿出磁卡蓋上感應器。嗶地一聲，感應器發出綠光，接著響起門鎖旋轉的聲音，叩～咿～

忽然，又傳來一次門鎖旋轉的聲響，門自行鎖住了。接著，電燈熄滅了。我手裡還抓著磁卡，整個人愣在門前。過了片刻，我發現包包在震動。

〈妳放棄計畫性購物嘍？〉

手中的平板電腦差點掉下去，我趕緊用力抓牢。發訊的信箱我沒看過，但我立刻明白他並非傳錯人。

〈健斗肚子餓了，畢竟他現在正是第二性徵在發育的年紀。一接到我的訊息，他非常高興，還稱讚奶奶好體貼。〉

〈這是怎麼一回事？〉

我只傳了最低限度的問題，過了一會兒。

〈外包。〉

螢幕上出現了短短兩個字。晚一點，接著傳來一篇長文。文字風格跟剛才那幾則不同。

〈社會上有很多人時間多到不知道該做什麼，尤其是那些孤單度日的寂寞老人。只要開口請求，有很多人願意免費提供任何服務。我在過世前就已經拜託他們了。一旦確定我過世，就代替我繼續擔任數位婆婆。他們一口答應。當然，因為他們可是這個領域的先驅。〉

超乎常理的內容令我心生困惑。

對方似乎算準了時間，又接著傳來新的訊息。

〈他們是專業集團，目前擔任全日本五百七十一個家庭的線上婆婆，儘管說是集團，成員其實遍布全日本，不，全世界。有時候會扮演溫柔體貼的婆婆，有時候則繼續做個壞心的惡婆婆。我很崇拜他們，就擅自決定讓你們家也嘗試一下。說到底，也就是老人家的遊戲。他們想必會更加狡猾，也更厲害吧。以後也請多多指教了。※這段文字是石嶺咲子女士在生前交給我保管的，今後我會隨時傳去自己寫的內容。〉

怎麼可能。誰會免費做這種蠢事。我想說服自己相信，卻辦不到。這種人要多少有多少，這些只爲了好玩就毫不吝惜投注大量技術與時間在網路上的成癮者。

我關掉訊息視窗，不假思索地打電話去生活超市。在響了好幾次嘟嘟聲後，手機裡傳來開朗的聲音，「您好，這裡是生活超市。」那是佐川的聲音。

「那、那個，我是石嶺。」

「哎呀，怎麼啦？」

她語調輕鬆地發問，我簡潔說明了一下方才發生的事，還有剛剛收到的那些訊息。一口氣講完時，我差點要喘不過氣來。

「果然。」

佐川吃吃笑了起來，乾脆地說：

「跟我們家一樣。」

「我婆婆在五年前就過世了，後來就一直是別人，接棒欺負我這個媳婦。我是不曉得有這種厲害的集團存在，但我很確定就是別人。」

「這……這樣不是很奇怪嗎？」

「當然很奇怪呀。」

她嘆了口氣。

「我嘗試過各種方法，情況都沒有改善，久了也就漸漸沒力氣管這種麻煩事，最終就選擇跟我婆婆那時一樣的處理方式，更何況我老公也不幫我。然後，就一直用第三種方式過到今天。」

她接著又笑著說，「那是最輕鬆的路哈哈哈。」

我嘴唇顫抖著說：

「可、可是，讓不相干的別人獲得自家的……」

「就算眞正的婆婆也是別人呀。而且他對我老公和小孩倒是滿好的，雖然有點太寵他們，但絕不會對他們不利，甚至有時候還能幫上忙。」

科──她發出奇異的聲音後，接著說：

「差不了多少，不管是眞正的婆婆還是別人，所以應對方式也一樣。妳馬上就會習慣了，而且以前跟眞正的婆婆也沒在碰面的。」

我很想反駁她，最終卻打消念頭。無論我說什麼，情況都不會好轉，她也早就放棄抵抗了，長年以來都消極應對，選擇第三種方式一路走到今天。

我隨便找了幾句話就結束這通電話，抬頭望向這棟屋子。

二樓的窗戶透出燈光，健斗現在應該在念書吧？在化身為婆婆的某人的教導下，在爽快接受這種情況的前提下。

我手中的平板電腦震個不停，一通又一通的訊息接連湧入。

玄關的電燈忽明忽暗，叩～咿～傳來門鎖開啓的聲音，這是可以進去的意思嗎？

我凝視著那扇門，眼前依序浮現出泰明消沉失意的臉龐，健斗坐在書桌前的身影，最後是從葬禮到剛才為止自己所感受到的一切。

我抱起那兩包塑膠袋，打開門，踏進一片漆黑的家裡。

折翼金魚

〇一

小學五年級的第二學期，隔壁三班養的兩隻金魚引發眾人紛紛驚呼「牠生病了吧」、「太畸形了」，還有人懷疑「該不會是長寄生蟲吧」。據說牠們剛出生時就是隨處可見的尋常金魚，因而不光是學生嚇一跳，連老師也是詫異莫名，大為納悶。

我也看過那兩隻金魚幾次，老實說，牠們給我的第一眼印象是，真不像地球上的生物。

牠們在水族箱中輕飄飄地悠游，那模樣非常詭異，令人心裡不舒服。

小小身軀不僅兩側長出巨大的紅色半透明皮膜，全身各處還伸出宛如纖長白絲的不知名組織，看起來的確像是生病了，也很畸形，就算說有寄生蟲也很合理。

飼養的人叫作岡島，從牠們爸媽那一代的金魚就開始養了。岡島告訴自己班導「可能是飼料的緣故」。岡島有親戚在東京都內經營麩專賣店，親戚常常會把不能當作商品賣的麩分送給他家，他就會拿來餵金魚。這個情形確實比餵市售飼料要特殊得多，可是小學的老師也沒辦法因此就斷言這就是原因所在。

金魚的消息漸漸傳開，連家長都聽說了，甚至還有說金魚是細菌感染或中毒的流言傳得滿天飛。副校長認爲這個問題須嚴重看待，便找人委託專家詳加調查。

那是二十年前的事了。正是整個社會十分關注施用寇奇尼亞而誕生的新型人類，也就是官方名稱爲「計畫生產兒」的小朋友開始上幼稚園的時期。

我改完數學考卷，將平板電腦放回桌上，轉頭望著巨大的水族箱，讓疲憊的雙眼得以休息。在教職員辦公室一角，擺著一個高一公尺寬兩公尺的大型水族箱，裡頭有三隻「柳星張」正悠然自得地游泳。彷彿翅膀般的半透明皮膜，還有貌如長裙的白絲。

正是岡島偶然間「開發」出的那種金魚。當初專家發表調查結果之後，消息躍上媒體，最先是在海外蔚爲話題，「好美」、「像天使一樣」、「這種金魚根本是藝術品」等讚美之聲不絕於耳——接著就像在仿效西方一般，日本也開始有越來越多人誇獎「眞可愛」。

這種金魚的相關研究如火如荼地加速展開，岡島一躍而成話題人物。我的母校、也就是目前我服務的這間學校——市立三角小學也受到媒體大篇幅報導。替繁殖成功後的金魚命名爲「柳星張」的，即是岡島本人，不過他對金魚倒是沒有特別熱衷，現在成了一名電繪美術設計師活躍於好萊塢。每次在電影或影集的片尾名單看到他的名字時，我總是感慨莫名，同時因自己的變化而感到不可思議。

我早已不再認爲水族箱中悠游的柳星張看起來很詭異了，反倒覺得牠很漂亮，甚至因牠是三角小學的一項輝煌「紀錄」而感到驕傲。

「森村老師。」

聽到有人叫我，我便回過頭。我帶的五年三班學生阿川愼也，正一臉擔憂地站在那兒。

「喔，怎麼啦？」

我望著他的金髮及碧藍色眼珠，關切地問道。

「長谷部又在班上鬧起來，把永井打哭了。現在已經沒事了，老師，你來一下教室。」

愼也的語氣十分平淡，但他的聲音及僵硬神情在在透露出他其實很害怕。

「我知道了。」

我推開椅子，站起身。有些擔心永井，同時心中也忍不住厭煩地暗嘆又來了。長谷部豪太平時就素行不良，前陣子玩躲避球時也因情緒過於激動，跟同學打架，聽說他三年級時還曾犯下偷竊紀錄。

「又是長谷部？」

隔壁座位的志垣皺眉問道。他摸了摸幾近全禿的光滑頭頂，「要不要我也過去？那傢伙就光是身體發育得很好。」

「不用，沒問題。」

我回應後，志垣神情無奈地嘟噥：

「意外兒果然不行。」

我想起愼也還站在一旁，慌忙轉回辦公桌。愼也一副什麼事都沒發生似地走向門口，我跟在他後頭，一踏上走廊，六月濕熱的空氣立刻撲面而來、包裹住全身。

愼也筆直向前走，我在後面一面走一面兀自反省。我剛剛只是沒說出口，但內心的結論其實跟志垣一模一樣。

意外兒，無計畫生產兒老是這樣，一天到晚給人惹麻煩。

可是做錯事的並非意外兒或意外娃（註）本身，他們與她們反倒也是受害者，不能將憤怒及不滿衝著他們去。這不僅是身爲教師的職責，身爲一個人，原本就不該犯這種錯。

問題根源在於意外兒的雙親，不吃寇奇尼亞也不避孕，最後不小心懷孕了，還沒當一

註：原文爲作者的特殊用詞，分別用來指稱無計畫生產兒的男性和女性。

回事地生下來。自私的雙親才是罪魁禍首。

五年三班的教室裡，窗邊最後一個座位上的永井朱光頭垂得低低的。鼻子通紅，滿是淚水的濕潤雙眼變成紫色，金色長髮毛躁又蓬亂，身旁好幾個女生擔心地圍著她。

教室另一頭，朱光的對角線上站著豪太。他背倚著牆，雙手插在口袋，冷冷瞧向我跟慎也。

「你找死啊，居然去告狀！」

豪太的聲音宛如野獸的低吼。我心中暗自苦笑，他這句話就像三流連續劇裡的狗血台詞，但在小朋友的世界裡確實帶有強烈的威嚇力，慎也聽了就渾身發顫。

我直直回望豪太那雙並非碧藍色的奇異黑瞳，說：

「你先待在那兒，我晚點再來問你。」

他絲毫不隱藏自己的不滿，用力抓了抓自己顏色奇特而非金色的頭髮。理智上我很清楚自己不該憑外表歧視學生，但心裡難免受影響。成人多半是黑色或褐色頭髮，我自己的頭髮也是黑色，可是長在孩子頭上看起來就不舒服。

在一整群金髮碧眼的計畫生產兒之中，黑髮黑眼的學生就如同白衣上沾到的墨痕，是原本不該出現的汙點。

我走近抽抽噎噎的朱光，問她有沒有受傷。幸好頭只是輕輕被打了一下，並不嚴重。周圍的幾個女生七嘴八舌地打抱不平，我先安撫她們的情緒，再讓她們帶著朱光一起回家。

「愼也，你也可以回去了。」

「不要，我不回去。」他搖搖頭，「我要待到最後，這是感覺的問題。」我點頭同意，再朝一臉無聊的豪太招了招手。

我向氣呼呼的他詢問事情經過，發現起因是言語上的小爭執，內容跟那群女生講得差不多，只是豪太提到了一件她們沒說的事。

「我、我爸媽。」

才講了開頭幾個字，豪太就露出不甘心的委屈神情，那雙並非碧藍色的眼睛閃著淚光。

「永井說我爸媽是廢物，所以我也是廢物。」

嗚嗚，他說話時還帶著哭音。他的眼白浮現血絲，變得通紅，但那雙黑眼睛並不會變成紫色。我打算摸摸他的頭，可是在大腦運作之前，手就停住了。我內心對於觸碰不是金色的頭髮感到抗拒。

「是廢物嗎？」

慎也一臉驚訝不解地問：

「我之前去他家玩過，他爸爸跟媽媽人都很好，可是我爸媽卻不准我再去，爲什麼？森村老師。」

「嗯……」

我無言以對。對於那些毫無計畫就生下小孩的雙親，我沒辦法光因爲「人很好」就認同他們，卻又不能回「沒錯，他們就是廢物」。儘管那是事實，我也絕不能說出口。

「長谷部同學，你打人就是不對，這樣很危險。我說錯了嗎？這跟爸媽沒有關係。」

慎也繼續說。

雖然只是幾句大道理，用來收場倒是很正確的發言。豪太伸手擦眼淚，點了點頭。

我正要說「沒錯」表示贊同時，慎也那雙藍眼睛直勾勾望著我說：

「玖羅葉也很優秀，直笛又吹得好。」

我內心嘀咕這跟直笛吹得好不好沒關係吧，目光垂落至一旁的書桌上。她的座位。這個班上兩名無計畫生產兒之一——意外娃篠宮玖羅葉的座位。

她那一頭刺眼的烏黑亮麗長髮，浮現心頭。

我八點回到家，正在煮晚餐時門鈴響了，吧檯上的平板電腦顯示出公寓大廈入口的影像。一名年輕送貨員正在確認手中的送貨單。他的帽子壓得很低，但還是能從勾在耳後的頭髮一眼看出他並非金髮。我並不特別驚訝，這種誰都能做但大家都不想幹的勞力工作，通常都是意外兒和意外娃在做。

我朝平板電腦出聲後，送貨員笑道，「先生，有你的包裹，請簽收。」他的眼睛一如預料是黑色的，並非碧藍色。我敲了一下液晶螢幕，解開入口的鎖。

在玄關接過小紙箱，我一面走回房間，一面查看裡頭裝了什麼。剝開層層疊疊的包裝後，出現了一個大小如同香菸盒的白色盒子，表面印著貌似送子鳥的藍色圖案，上方以簡潔字體印著「COCUNIA」，下方不起眼處有富山製藥的浮水印。

我握住白色盒子，內心不自覺鬆了一大口氣。之前沒注意，差點不小心斷貨了。要是沒有這個，無論身爲一個人或身爲爸媽都不及格。

玄關大門開了，妻子美羽提著一個大包包展露笑顏，「我回來了，彬。」影像製作的工作應該相當辛苦，她卻完全看不出疲態。我舉起寇奇尼亞的盒子說，「到嘍。」她高興回應「太好了。」

吃晚餐時，我自然提及工作上的話題。有一個年輕女老師開始休產假了，游泳池開放了，還有放學後豪太、朱光和愼也的小插曲。

「是呀，愼也說的話也有道理。」

美羽夾起燉煮油豆腐及高麗菜送進口中。

「豪太又不算特別奇怪，也沒比別人差。」

「很難說。」我側頭回應，吞下嘴裡的醬炒牛蒡絲。

「那個又沒有提升智力的效果，只不過讓人更容易受孕。」

「官方說法是這樣沒錯。」

我配合地點點頭，「僅僅因爲不能太過張揚罷了，在法律上會出問題。換句話說，那只是表面上的說辭。」

我點了幾下一旁的平板電腦，螢幕上顯示出各種新聞報導。

大學校園的相片、將棋龍王戰、埃及金字塔的挖掘研究。每張相片裡特寫的主角，全是金髮碧眼的年輕男女。

「既然現實中已出現這麼多實際案例，就不得不認同了。社會也是靠此運作的。」

「可是……」

「那今晚做的時候不要用？」

我停下筷子，神情認眞詢問，視線則指著吧檯上的那盒寇奇尼亞。美羽報以哈哈大笑，突然說出八百年前的流行用語。

「是在哈囉嗎？笑死寶寶了。」

她出乎意料的話語也讓我忍不住噗哧笑出聲。

吃完飯洗完澡，我們在洗臉檯前拆開寇奇尼亞的盒子，分別取出一枚白色的菱形藥錠，在口中咬碎，讓它慢慢溶解。一絲麻麻的感覺在口中越來越擴大。

「唔呃。」

美羽整張臉皺了起來。這已經是慣例了，她一直都沒辦法習慣這種感覺。

將徹底溶化的藥錠吞下，再仔細漱口，我和美羽便牽起手走回寢室。

「希望這次可以成功。」

一趴上床，美羽就這麼說。我伸手環住她的腰，在她耳邊輕聲低喃。

「一定可以。肯定會是個好孩子。」

她的脖子已經布滿汗珠。

〇二一

由富山製藥開發及銷售的寇奇尼亞，在表面上是「〈男女通用〉劃時代新型助孕藥」。男性服用後精子會更有活力，對女性則有誘發排卵的效果。至少官方網站上是這樣說明的。

然而實際功效不僅於此，無論男女，若在服下此藥後性交，生下來的小孩智力會大幅提升，外表特徵也將變成金髮碧眼。現實情況已經證明了這一點。

五年三班的三十名學生中，有二十八名是雙親服用寇奇尼亞後出生的孩子——計畫生產兒。他們的學習速度硬是快上一截，這十年來，課程內容或教科書都是以他們為基準設計的，甚至有一部分計畫生產兒還覺得這些知識太過簡單，自行超前進度學習。譬如愼也，他在五月時就已經開始自學虛數了。

除了金髮碧眼與智力提升之外，其他地方皆沒什麼差異。社會上的認知是如此，我的經驗上也是這樣。言行舉止符合年紀，也就是跟舊世代一樣。每個人的性格都不同，自然也有情緒起伏。那些認為他們「講話很難懂，太獨特」的意見，不過是相對於我們這個舊世代的感想。

計畫生產兒之間當然沒有用心電感應溝通的超能力，更別提策畫將舊世代變成奴隸的陰謀了。以前的確有學者認眞看待，嘗試驗證這些流言，但如今都成了茶餘飯後的玩笑話。

某個電影網站從很久以前，就將《魔童村》舊作及重拍版本都歸類爲喜劇了，也有不少激進派憤慨直呼該讓《獻給阿爾吉儂的花束》絕版。他們的理由是，主角隨著智力提升或衰退，因而變得自大或憨厚的劇情發展，會造成閱聽者背離事實的誤解。這項訴求也並非不能理解，只是那本書是在距今將近一百年前寫成的。在一個富有包容性的時代，用一種更寬廣的認知編撰出來的，單純又天眞的虛構故事。

「好，休息！」

嗶嗶！一鳴完笛，我就向正在池中游泳的三十二名學生如此大喊。八月七日是「游泳池之日」。學校在暑假中舉辦的小型活動，會開放游泳池一個星期左右，這段期間內凡是在校生就能自由使用。熱鬧程度跟我還是小學生時差不多，計畫生產兒也是一到夏天就滿腦子想吆喝朋友一起去玩水游泳。

在毒辣的陽光下，我指示學生坐在池邊休息，自己則穿梭在頭戴白色泳帽的他們之間，確認每一個人的情況。坐在角落的一個女生將蛙鏡拉到額頭上，我不自覺停下腳步。

那雙大大的黑眼睛閃動著令人悚然的光芒。是篠宮玖羅葉。她正擦拭濕臉頰，抬頭看向我的方向。手腳纖長，容顏端正，再搭上那張薄嘴唇，她可稱得上是美少女，就是那雙黑眼睛徹底毀了一切，讓整個人看起來散發著不祥的氛圍。

一股嫌惡的感覺蔓延至全身，我雞皮疙瘩都爬起來了。

我別開臉，再次沿著池邊邁開步伐。理智上我很清楚僅因小朋友並非藍眼睛就心生厭惡很不應該，但我總會起雞皮疙瘩。蟬聲震耳欲聾，叫得人心浮氣燥。

我抓住圍籬試圖讓自己冷靜些，這時，赤城雄二出聲叫我。他是六年一班的班導，今天跟我一樣負責控場，我們也是同一年進學校的。

「聽說香坂老師的情況很順利。」

他搖晃著爬滿濃密體毛的啤酒肚，面帶喜色說。

「我記得預產期是十月？」

我故作平靜應道。香坂伊織是比我們晚進學校的教師，幾個月前就開始請產假。

「嗯。」赤城搔了搔濕髮，「我總算是放心了。她身體本來就不是很好，體質又好像跟寇奇尼亞不合，之前也有兩三次——」

他的話就停在這裡，我點點頭。

「這次是已經確定了嗎？」

「說是羊膜穿刺檢查出來的。」

「那太好了。」

雞皮疙瘩不知何時已經退了，我的心情越過平靜直接飛揚起來。

偶爾會有人體質與寇奇尼亞不合，據說只要服藥後劇烈想吐，就看作是「體質不合」。這種情況下，有一定機率會生不出計畫生產兒。一旦在胎兒階段發現寇奇尼亞沒有發揮藥效，當然就必須終止懷孕。

沒有人會自願生出意外兒或意外娃，除了極少數沒責任感的父母以外。

終止懷孕毫無疑問會對孕婦的身體造成傷害，聽到香坂終於苦盡甘來，能夠順利生出計畫生產兒，我打從心底為她感到開心。

「等小孩出生後，我們一起去看她。」

赤城拍了下我的肩，再朝學生大喊，「喂，不要跑來跑去，給我乖乖休息。」有幾個學生大概是坐著無聊便起身走動，這時又笑嘻嘻地原地蹲下。

砰咚，一道巨大聲響傳來。我們全立刻轉頭看向聲音傳來的方向。在我所站之處的另一頭，出發台前方濺起了大量水花。台上有個男童蹲在那裡笑，而水裡有個小小的人影，水面上漂著一副藍色的蛙鏡。

「喂！」

赤城激動怒吼。我避開學生從游泳池的另一側繞過去，剛跑到附近，男童的頭霍然伸出水面上，張大嘴巴努力吸進空氣。那是赤城班上的市川岳人。他神情痛苦，雙手劇烈拍打水面，模樣很不對勁，該不會是腳抽筋了吧？

赤城一把揪住出發台上男學生的手，將他拖下去。游泳池持續傳來奮力掙扎的聲響，我跑到泳池邊想要救岳人時，有個學生啊地驚呼一聲。

那瞬間，我與岳人四目相交。

他的右眼是黑色的。

左邊是碧藍色，只有右邊是不吉祥的黑色。

怦怦，我的心臟劇烈跳動，維持屈身的動作僵在原地。一看到他那隻詭異的眼睛，身體就不聽使喚。

「老、老……」

岳人一邊掙扎一邊拚命喊我，他的身體在泡沫中漸漸下沉，我大腦中的理智極力命令自己去救他，可是身體依然動彈不得。「森村老師！」我聽到遠處的赤城在大叫。

一道身影從我身旁一躍而下。

那身影在空中描繪出一道拋物線，而後劃入水中。那身影轉瞬間就游近岳人，很快浮上水面。

是玖羅葉。她從岳人身後抱住他，流暢地朝游泳池邊移動。岳人仰躺著，嘴巴不停一張一合。

我怔怔望著兩人的動作，剛剛原本聽不見了的蟬聲，又轟然震響耳膜。

鎖上游泳池後，我跟赤城偕同岳人在六年一班教室裡等待。剛剛嚴正警告推他下水的那名男學生後，便放他回家去了。一方面是由於他只是一時興起惡作劇，我們也只能告誡他這種行為有多麼危險，另一方面則是因爲發現了一個更大的問題。

市川岳人居然是意外兒。

他染金髮，戴上碧藍色的隱形眼鏡，一直「僞裝」成計畫生產兒的模樣。從問話中可以聽出，他這麼做並非出自身意願，而是家長。

岳人的父母，特別是他媽媽，從他小時候就一直幫他僞裝，自從上了三年級後，媽媽就教他自行僞裝。

「仔細一想，確實不可能『沒有人僞裝』。」

一離開教室，赤城便皺起眉頭，「除了岳人，很可能還有很多人是這樣。」

「太愚蠢了。」

我愕然應道：

「社會上到處是這種父母嗎？缺乏常識，光憑感覺行事。」

「意外兒較吃虧，父母當然會想點辦法，這也是爸媽在愛護孩子。」

我聽了不禁苦笑。

「別生下來不就得了，發現是無計畫懷孕時就墮胎……」

「那是理論上，森村老師。」

赤城低聲打斷我，直直盯著我說：

「這句話你能當著勇介或哲三爸媽的面講嗎？問他們明明知道是唐氏症，爲什麼還要生下來，明明產檢時就曉得兩腳不能正常發育了，爲什麼？」

他的神情十分認眞，我卻忍不住放聲大笑。赤城的話根本就稱不上反駁，連詭辯都沾不上邊，本質上就偏掉了。

「這兩個人都是計畫生產兒吧？就算有些缺陷，在社會上還是比意外兒——」

「噓！」

赤城伸出食指比在嘴唇上。走廊的另一端，有一位打扮樸素的嬌小女性正弓著身子走過來。「不好意思麻煩您跑一趟。」，赤城主動搭話。女性停下腳步，臉色十分蒼白，怯生生地鞠躬。看來是岳人的媽媽。

我側眼目送她和赤城走進教室後，便朝樓梯走去。赤城剛才說的話在腦海中揮之不去，每一句聽起來都好似有幾分道理，實則空洞又不堪一擊。他講的話才是理論上的空談。享受單身貴族生活的赤城，根本不了解爲人父母的責任及義務。

我一踏進辦公室，眼睛就不自覺往水族箱瞄去，這是我感到壓力時的習慣。欣賞姿態優美的柳星張來讓心情平靜，牠游動的身影擁有這種魔力。

我看見伸展翅膀般的皮膜、搖曳著白絲悠游的柳星張，還有前方那頭漆黑的長髮。乾巴巴的、帶著些微捲度，簡直像沖上沙灘快腐爛的海藻一般。

是玖羅葉。玖羅葉貼在水族箱前，背對著我，她的雙手輕輕搭在水槽上，專注地望著柳星張。

她緩緩回過頭，那雙黑眼睛注視著我。我勉強扯動臉頰僵硬的肌肉，跟她打招呼，「喔，妳來啦。」

「嗯，我來了。」

她應聲時臉上浮出淡淡的微笑，接著又瞥向水族箱。我想起游泳池的那一幕。

「剛才眞謝謝妳，託妳的福，岳人沒有大礙。」

我再度向她道謝。

「小事。」玖羅葉搖搖頭，說出難以理解的一句話，「我習慣了。」大概是我臉上露出狐疑的神色，她直直望著我，若無其事地說出這句話。

「我們只能靠自己保護自己，意外兒和意外娃。」

恰巧經過的老師一臉震驚地凝視她，又旋即離去。

一想到她的遭遇，我胸口就驀地揪緊。從很久以前開始，就有店家禁止無計畫生產兒進去消費，明明該怪的人是她們爸媽，但現實是這些原本就身爲受害者的孩子，又更被推向難以自處的境地。除此之外，她肯定還遇過許多令人難受的事。我對於光憑外表就生理上排斥他們的自己感到羞恥。

「……妳來辦公室有什麼事嗎？」我關切問道。

玖羅葉提起腳邊的托特包說：

「今天的作業我有不懂的地方，一定都要自己寫嗎？」

她詢問時眼神透著懇求。

「不用，妳來老師的位置上寫吧。」

我用手比了比自己的辦公桌，她露齒一笑，應了聲「嗯」，便提著托特包走過去。

她拉出一旁多準備的圓形凳子，擺在我座位的旁邊。等她坐好，我也正打算坐下時，對面座位上傳來驚嘆聲。

「太厲害了！」

音樂老師佐倉霍地站起身，摘下頭罩式耳機，朝我招手，「快過來一下。」

「怎麼了？」

「這首曲子很棒。」

她雙手舉著那隻耳機，興奮不已地說，「篠宮的自由研究作業，完整交響樂團編制的交響曲，不對，應該算是現代音樂吧。」飽含驚詫及尊敬的目光投向我的身旁。

玖羅葉不好意思地聳聳肩說：

「我用家裡的軟體編的。」

佐倉之前就曾向我提過玖羅葉上音樂課時非常認眞，第一學期的音樂成績也是「5」。儘管如此，似乎就連佐倉也沒料到她具有出類拔萃的才華。

「一個人做出這全……」

佐倉的眼睛緊盯著平板畫面，喃喃自語。螢幕上顯示了音樂編輯軟體專案的時間軸，那是玖羅葉的「自由研究」作業，就連我這個大外行也看得出編曲結構十分複雜。

從佐倉剛剛遞給我的耳機中，率先響起電子合成器的重低音，接著是悶悶的鋼琴聲疊加在如泣如訴的長笛樂音上，我立刻被拉進的玖羅葉製作的樂曲世界中，徹底淹沒。

曲名是「柳星張」。樂曲的氛圍感覺上跟那種身形優美的金魚相差甚遠，但她的樂曲深深震撼了我，我不禁佩服起她身上擁有的天分及技術。

玖羅葉原先想問的問題是關於化學反應的簡單計算。

即使她回家以後，佐倉依然頻頻誇讚太厲害了，我每次都跟著應和「是呀」、「眞是不得了。」在我動腦思考之前，嘴巴就自然如此回話。

「她應該要去讀音樂學校。」

佐倉連這種話都說出來了。

「進得去嗎？」我問。

話中含意自然是「意外娃進得去嗎？」高達一半的國立大學跟幾乎所有私立大學都將必須是計畫生產兒列爲應考資格。佐倉神色認眞地回答：

「相較於普通大學規定寬鬆很多喔。不只是音樂，所有藝術領域的學校都是這樣，可是……」

「可是？」

「那種學校都需要，這個。」

佐倉彎起大拇指和食指接成一個圓。果然，我讓身體沉沉陷進椅子裡。玖羅葉的父母在近郊經營酒類專賣店兼便利商店，從她的服裝打扮，就能看出家裡情況並不寬裕。

「太可惜了。」

我惋惜地脫口而出。下一刻，對自己居然會說出這種話感到十分驚訝。而佐倉嘆息道，「到頭來爸媽就決定了一切。」

即使完成工作回到家後，我也滿腦子都是玖羅葉的事，她那首曲子一直縈繞在我心中。從開頭到結尾的每一個音，從幽暗哀傷的旋律到鼓組的每一聲敲擊，我已經記下「柳星張」那首樂曲了。不——應該說是它深深烙印在我腦海裡。

「那是什麼歌？」

快要午夜十二點時，趴在沙發上的美羽出聲詢問，我才發現自己正不自覺地哼著「柳星張」的主旋律。我向她敘述白天發生的事。

「哦～」

她懶洋洋地將下巴靠在抱枕上，略微仰頭看著我。

「說的也是，意外娃裡也是有才華洋溢的孩子。」

「理論上是這樣沒錯，但自己親身遇到之後，還是感到相當衝擊。」

我在沙發旁的地板坐下來輕聲說，「我反省了一下。」美羽沒有出聲，側頭望著我。

「就算計畫生產兒占了大多數，也不該排斥意外兒跟意外娃。在工作上，我自認堅守了公平對待的原則，心情上卻十分偏頗。雖然一部分原因是生理上無法接受那種外表，可是自己的確也把這當成一個藉口。」

我坦白自己的想法，美羽直率地凝視著我。

「玖羅葉眞的很有才華，我從來沒想過這種可能。一直以來我都深信只要是意外娃就必定平庸，必定差人一等。就算說我沒資格當老師，我也無從辯解。美羽，就算妳現在聽了生氣，覺得震驚或看不起我也是一樣。」

「我不會啦。」

美羽微笑著將臉埋進抱枕。

「上次的小朋友……是叫作豪太嗎？那孩子說不定也有什麼特殊的才華。」

「嗯。」

「不過沒有才華也沒關係，期待他們應該要有才華的念頭才奇怪。我們公司也有這種人，主管老愛講自閉症患者的記憶力跟一般人不同等級，眞的很厲害。」

她輕聲說完後，嘆了長長一口氣。

「……那不一樣。」

「是呀。」

我用力點頭。沒錯。一個不小心，我的思考邏輯就會淪落到美羽主管那樣，掉入典型的逆向歧視陷阱中。聽了她的提醒，我自然就會警惕自己。

美羽抬起頭，半閉的雙眼矇矓地望著我，嘴唇乾燥，雙頰蒼白。

「妳感冒了？」

「不是，我沒發燒。」

她微微搖頭，輕聲說：

「我明天要去醫院一趟，婦產科。」

她的話在經過大腦消化之後，又在胸口中擴散開來。我轉回去面對她，兩手輕托住她的雙頰。

「還不確定喔。」

美羽虛弱地微笑，雙手環住我的後頸。

○三

美羽懷孕了。在我們結婚十一年後。等孕吐症狀消失後，我們在家裡舉杯小小慶祝了一番。

我將附近買的蛋糕端上桌時，美羽手摀著嘴，淚流不止。

暑假結束，時序邁入第二學期。我班上沒什麼變化，不過市川岳人轉學了。聽說是他父母決定的，赤城顯得十分懊惱。

「我沒辦法向他們保證不會有任何問題，大家都不會放在心上，友誼也不會變質，所以請你們放一百二十個心——這些都是謊言。」

他的話十分沉重，跟游泳池那天聽起來截然不同。

我重新調整了自己的心態。避免讓意外兒或意外娃，也就是無計畫生產兒受到不友善的對待，是我身為教師的職責。我要發揮自己的力量，盡可能協助他們。

我跟玖羅葉的母親磨綺那，是在九月底碰面的。

她於傍晚時分來到教室。她長得跟女兒極為相似，是一位高個子黑髮女性，眼睛下方的黑眼圈清晰可見，年紀看起來約莫是四十五左右。我將冷氣調至適當的溫度，與她面對面坐下，再把平板電腦放在桌面上，開始聽她敘述。

她表示自己很早就察覺到女兒對於音樂的興趣及才華，玖羅葉從還在爬的年紀就經常對著玩具鋼琴敲敲打打，自幼稚園起就開始用免費軟體作曲。

「不好意思，請問妳們是否讓她去過鋼琴教室之類……？」

我開口詢問後，磨綺那露出神色複雜的笑容，回答，

「那種地方的審查都很嚴格，個人教室或企業經營的都一樣。」

這太過分了。一股怒火冒上心頭。同時我對於自己的反應感到詫異。一直到不久以前，我都還認為「這是理所當然的」。

磨綺那說她們夫妻正在討論要讓玖羅葉去念主攻音樂的高中及大學，目前也慢慢在存

錢。除顧店之外，磨綺那還另外兼了兩份差。

「光靠這樣還是不夠，我們也告訴玖羅葉，等她上高中後得去打工來籌措學費。」

「已經決定要讀哪間學校了嗎？」

「決定了。」

她點頭，說出的高中及大學校名，音樂科系都在全國名列前茅，那雙眼眸閃動著強烈的決心。

她的氣勢不容反駁，我不禁在心中沉吟了一會兒，才說：

「還是別太勉強比較好。」

「不會。」她搖頭，「我們並沒有勉強。只要是玖羅葉的事，我跟我老公都願意不計任何代價。」

她的表情顯得有幾分出神。

「而且只要聆聽那孩子的音樂，就能獲得力量，立刻就不覺得累了。她是個很爲父母著想的好孩子，還爲我們做了好幾首曲子。」

她從包包裡掏出攜帶式音樂播放器。

「我在過來學校的路上也一直在聽，《月與星》、《午後的沉睡》，還有《柳星張》。」

「《柳星張》眞是首好曲子。」

我出言稱讚。她喜形於色地瞇起眼。

我專注望著磨綺那輕撫播放器的舉動，確定了一件事，她很愛自己的女兒，非常認眞地思考她的將來，願意爲女兒不辭辛勞地日夜奮鬥，絕非那種沒責任感又自私的父母。那究竟爲什麼——

「那個，很不好意思……」

我瞬間有些猶豫，最終還是下定決心問出口。

「我有一件事很難理解，既然妳這麼愛女兒，這麼爲她著想……爲什麼當初不選擇計畫生產呢？」

磨綺那一臉詫異地回望我。

「就、就是寇奇尼亞。」

我不禁結巴起來。

「從剛剛的話聽起來，妳們對玖羅葉的將來有很完善的規畫，不太像會在無計畫的情況下懷孕跟生產的人，那爲什麼……生玖羅葉時……？」

「我們有計畫。」

磨綺那回答。她放下播放器，默然盯著我。

「……這是什麼意思？」

出乎意料的回答令我一時無法思考。不可能有計畫卻還生出意外娃。我正深感困惑時，突然想起香坂的情況，便立刻明瞭了。

「是你們體質上的問題嗎？」

「不是。」

「咦？」

才剛消失的困惑又再次襲上心頭。我聽不懂她是什麼意思。磨綺那緩緩開口：

「就是字面上的意思，我們有計畫，這在我們年輕時，稱爲『孕前準備』。不過，除此之外的事我們都沒做，我們排斥用藥劑來改變孩子的身體。不管是我，還是我先生。」

「……意思是？」

「我們沒吃寇奇尼亞。我們是在這個決定下懷上那孩子的。」

她的黑瞳似乎睜大了。在大腦逐漸理解她話中的含意後，我的胸口劇烈發疼，接著，怒氣油然而生，嘴巴不受控制地脫口而出。

「……這太過分了……」

我放在桌上的雙手緊握成拳，質問神情平靜的磨綺那。

「妳們知道自己做了什麼嗎？」

「嗯。」她點點頭，「當時我們並沒有想到寇奇尼亞後來會在社會上變得這麼普及，不過我們也不認爲自己做錯——」

「開什麼玩笑！」

我掄起拳頭捶了一下桌面。

「妳們做的事情就是虐待！而且還沒有自覺！妳們……爲人父母難道不覺得可恥嗎！」

磨綺娜的臉色頓時變得十分難看，冷冷瞪著我。

「只要不服用特定的藥劑就是犯罪嗎？」

「我不是在跟妳談法律！」

我咬牙切齒地站起身。太亂來了，根本不正常。無計畫生產兒的父母果然還是不像樣，特別是我眼前這位母親，居然因爲自身喜好刻意剝奪了孩子好好生活的權利。

「小孩不是爸媽的所有物。」

我低頭看向她，她也坦然回望我。

「我知道，所以我們都希望玖羅葉能走上她自己想要的道路。」

「但妳們害這件事變得很困難。從最一開始的第一步，起跑線，她就落後了。」

我一個字一個字清晰地吐出來，講到一半時，腦海中浮現出玖羅葉的臉龐，不禁熱淚盈眶。擁有這種垃圾父母卻依然深愛著父母，全身心投注在音樂上，既堅強又勇敢的女孩。

事態極爲嚴重，超乎一個教師所能處理的淒慘虐待，竟然發生在自己班級的學生身上。

我當場就拿起平板電腦聯繫兒童少年保護組。磨綺那大喊「你要做什麼！」抓住我的手，我揮開她跑到教室另一邊，等待電話接通。

兒童少年保護組的反應很迅速，玖羅葉隔天晚上就從父母身邊被帶走，暫時安置在相關機構裡頭。

在教職員會議上，我受到副校長的大力讚揚，可是我心情很低落。我親眼見識到這些父母的自私行爲，內心受到強烈衝擊，另一方面也因爲保護組職員告訴我的話。

職員說他們要把玖羅葉帶離家裡時，她激烈反抗，大聲質問爲什麼自己必須離開家，不斷嘶喊著爸媽又沒有做錯任何事。

這是一種洗腦。無論遭受多麼不合理的對待，只要化爲日常生活的一部分，就逐漸不會再去質疑是非對錯，她才會如此信賴那對根本不疼愛自己的垃圾父母。一想到玖羅葉的心情，我內心就陣陣發疼。

她重新回到學校上課是隔週的事了。我在校門前看到她，便出聲叫住她。她用那雙黑眼珠注視著我。

「怎麼了？」

「……就好了。」

「咦？」

她咬了咬薄唇。

「早知道當初隨便觀察個向日葵就好了。」

接著抛下這句話便快步離去。

那頭黑髮迎風飄揚，她穿過校門的身影逐漸消失在我的視野中。

〇四

香坂伊織平安生下小寶寶。我從赤城口中聽說這個消息後，原本消沉多時的心情終於稍微開朗起來。十一月初的某天午後，我、赤城、志垣跟佐倉四個人一起去看她。當時我滿腦子都想早點看到小寶寶，內心十分期待。

我自己的孩子預產期是在明年四月，我很想在那之前先見識一下剛出生的小孩長什麼樣，體型有多大，會有哪些舉動，還有聞起來是什麼氣味。

她家在郊外一整排公寓大廈裡的第一棟，我們一抵達二樓盡頭的門前，佐倉就按下門鈴。

「請進——」

香坂開朗的聲音從對講機傳來，我們全都看著彼此笑了。她跟在學校時一樣充滿活力，看樣子產後坐月子恢復得很好。

打開門後，走廊另一頭就傳來爽朗的聲音，「歡迎各位大駕光臨——」。香坂一身家居服從客廳朝我們揮手，她的臉逆光看不清楚，倒是看得出原先的長髮剪短了。

「哎呦，我還痛得要命，畢竟肚子切了一大刀。」

她的聲音完全聽不出有哪裡在痛，想來只是要解釋自己爲何沒辦法親自到玄關迎接。

於是我們依序脫鞋入內，魚貫穿過走廊。

眾人紛紛祝賀「恭喜」，順手遞上自己帶來的臨盆賀禮。香坂喊著「怎麼這麼客氣啦」、「謝謝」，一邊用戲劇化的誇張動作接下禮物。我送的是六個月大嬰兒可以穿的一套衣服及襪子，是我跟美羽一起在網路上挑的。

客廳深處的一面和風拉門打開後，出現一位褐色頭髮的女性。若是忽略她臉上顯眼的皺紋，那張臉長得與香坂十分相似。她深深一鞠躬，說：

「小女平常承蒙各位照顧了，我是伊織的媽媽。」

「您太客氣了，但話也是沒錯啦。」回話的人是志垣。

「小寶寶呢？聽說是男生？」佐倉開口問道，「伊織的小孩一定長得很可愛。」

「哪裡，就像隻小猴子一樣。」

她揮動家居服的長袖子，「在這裡」，人朝前方走去，打開拉門。

三坪大的和室裡不見小寶寶的身影，甚至連嬰兒床或棉被都沒有，嬰兒玩具及娃娃就更不用說了。

「咦？」

佐倉驚呼出聲。香坂搖搖晃晃地快速走過榻榻米，在焦糖色的五斗櫃前蹲下，兩手抓住從下方數來第二層抽屜的把手，喊了一聲「嘿咻」，一口氣將抽屜拉出來。

裡面有一個包著尿布的嬰兒，金髮稀疏，碧藍眼睛幾乎沒有睜開，而他四周全擺滿了除臭劑。

「……咦？」

赤城輕聲表達了內心的疑惑。志垣嘴巴張得老大，直勾勾盯著那個嬰兒。佐倉則將雙手摀在嘴上，眼珠快速地四處游移。

我整個人呆立原地，只能交互看向嬰兒及香坂。

「這是我兒子達郎。你們看，眞的很像一隻猴子。」

香坂隨意戳了一下嬰兒的臉頰，嬰兒手腳無力地揮動，表情逐漸扭曲，小臉蛋漲得通紅。

他用微弱音量哇哇哭起來那瞬間，香坂就砰地關上抽屜，哭聲只剩下隱約可辨的程度。

「好，他太吵了，就看到這裡吧。不好意思。」

香坂若無其事說，直起腰時還喊著「痛痛痛痛痛」。

「那、那個……」

赤城面露尷尬笑容，向前踏出一步。

「這是怎麼回事？妳把嬰兒養在那裡面嗎？」

「對呀。」

香坂拉起家居服袖子抹了抹鼻子。

「這樣很方便，如果他哭了，就可以像這樣關起來。」

「不是吧，不能關起來呀。」

「沒事，我知道。」

赤城說話時的表情已經非常僵硬。「妳安慰一下他吧，可能是有哪裡不舒服。」

香坂笑著拒絕。

「就是我剛戳他一下，他會痛。馬上就沒事了。」

「那，那母乳呢？」

「就說沒事了。」

她揮著袖子。

「裡頭擺了餵乳機，會自動餵食。」

「自動……」

赤城瞠目結舌，而悶沉沉的哭聲依然持續著。我腦中一片混亂，今天在這裡親眼所見的一切，和香坂當初爲了懷上孩子一路上的辛苦掙扎，完全對不起來。

「這個……就叫作虐待兒童吧？」

志垣光溜溜的頭上布滿晶瑩的汗珠，低聲說道。香坂噘起嘴「嗯？」了一聲，伸手搔搔自己的短髮，不滿地反駁，

「你說我虐待？我哪有。」

「可是……」志垣指著五斗櫃，「妳根本把他丟著不管，哭了大便了都不處理。」

「是呀。」香坂一副這很理所當然似地回應。

「那不就叫作虐待兒童嗎？」

「才不是，那是講另外一種情況吧？是指那些討厭自己的孩子，對他們漠不關心的爸媽。」

香坂雙手插腰，理直氣壯地說：

「可是我很喜歡達郎。」

「所以……」志垣連嘴唇上方都滲出汗珠，「既然喜歡，那就好好照顧他，這才是爲人父母，不是嗎？我們家也是這樣。雖然孩子小時候全都交給我老婆顧，但我也會餵奶、幫小朋友穿衣服或清理大小便。」

「咦？我爲什麼必須做那些事？」

香坂歪著身子笑了。

「妳、妳問我為什麼……」

這下連志垣也說不下去了，他跟赤城並肩愣愣地盯著香坂。我絞盡腦汁整理自己的想法，出聲問她：

「妳、妳覺得不做也可以？香、香坂，妳認為自己已經在照顧孩子了？」

「對。」

她依然稀鬆平常地回答。我不禁冒出涔涔汗水，背上因冷汗濕了一大片。

「為、為什麼？」

我連斟酌用詞的心力都沒了，單刀直入地詢問。

「那是因為……」香坂用衣袖掩住嘴巴晃動身體，這麼回答：

「我已經吃了寇奇尼亞啦。」

一副沒有想再多作說明的模樣。

「妳說因為吃了寇奇尼亞，這、這個該怎麼說呢？妳這種吃藥生完就沒事的想法……」

「咦？本來就是吃藥生完就沒事了吧？」

她不假思索地反問。我腦中原本紛亂的思緒終於理出一個頭緒了。我明白她的話是什麼意思，但正因如此，我的後背竄上一陣惡寒。

香坂的想法是這樣——只要生下計畫生產兒，爲人父母的責任就全部結束了。除此之外的一切，譬如養育，都不需要。

「現在大家都是這樣，這附近的媽媽幾乎也都是，我的餵奶器還是在網路拍賣上買的。」

對吧？她的疑問是拋往我們身後的方向。

「是呀。」

附和的人是她媽媽，她還呵呵地發出沉穩笑聲，

「養小孩的方式一直在改變，不管頭腦或外表現在寇奇尼亞都會幫我們顧好，不是嗎？我還曾聽說寇奇尼亞能增強免疫力，讓小孩更不容易生病。」

她雙手在胸前交叉，神情略微恍惚。

「現在眞是個好時代，對媽媽來說。我們以前顧小孩時，什麼都得自己來。」

她說這些話時，表情看起來眞的是一臉羨慕。

哭聲已經變得斷斷續續。背後傳來抽抽搭搭的哽咽聲，我們回過頭，看到佐倉臉上不停滾落大顆的淚珠。

最後是我走出玄關，聯繫了兒童少年保護組。我從來沒想過自己會在短時間內接二連三地打這通電話。他們這次的應對也十分迅速，立刻就有三名職員趕來。

「你們說，我到底是哪裡不對？」

香坂氣鼓鼓地瞪著那幾名職員，她媽媽則是不知所措地杵在原地。

赤城跟志垣留在現場，我送哭個不停的佐倉回家。等我回到自己家時，天色已經徹底暗了。

因爲我都不講話，美羽便纏著我問怎麼了。儘管我回「妳別聽比較好」、「我不想說」、「可能對胎教不好」想避開談話，她仍執拗追問，我只好不情願地描述香坂的事。

「……我偶爾會聽說。」

一聽我講完，她張口就說了這句話，接著在床上翻個身，「有時候新聞也會播，還有網路上的媽媽群組也是，聽說最近這種人越來越多了。」

她纖細的手指輕撫洋裝覆蓋住的肚子，表情雖然凝重，看起來卻不訝異。我在床角坐下，凝視著她的臉。這瞬間，這張原本早已看慣的臉龐簡直像個不認識的陌生人。

「怎麼了？」

「我……」我幾度欲言又止。

「回來的路上還一直擔心，該不會妳也是這樣想的吧？」

「我第一次看到新聞時，也擔心過不知道你是怎樣想的。」

美羽噘著嘴抬頭看我。

「尤其是你給我的感覺就像是，堅信寇奇尼亞是父母的義務，絕對不能不吃。你真的是對寇奇尼亞深信不疑……我都會想你是不是太深信不疑了。」

「美羽，妳不也是？」

「是沒錯。」

她雙臂環抱住自己的肚子。

「可是生產並不是終點。雖然很辛苦，又有很多東西得準備……」

她臉上浮現淺淺的笑意。

「但我更常在想像孩子出生以後的事。不曉得他會長什麼模樣？會喜歡玩些什麼呢？」

「太好了。」

我如釋重負地長吁一口氣。

「我也一樣。我都已經開始想要買什麼玩具，給他看什麼電視了。」

「《麵包超人》吧？」

她自覺滑稽地吃吃笑起來。那是在我們出生很久之前播放的卡通。

「最近角色已經超過五千個了，聽說值得紀念的第五千個角色叫作『岩鹽小子』。」

「居然是調味料。」

我忍不住笑出聲，原本沉甸甸壓在胸口的陰霾漸漸散去，我也鬆了一大口氣。美羽沒問題，她跟香坂或香坂母親不同，並沒有過度依賴寇奇尼亞，不，該說是信仰寇奇尼亞了。我應該也沒問題。雖然不能掉以輕心，不過至少我是內心這麼想的。

寇奇尼亞是父母的義務，但並非一切。「生產」和「養育」基本上就是一套密不可分的組合，不是科技進步了那麼一丁點就能輕易切割的。或許將來有一天能夠切割的時代會來臨，然而現在還不是。

我在美羽身旁躺下，提議「我們來決定名字吧」。她「嗯」了一聲，轉向另一側，拿起枕頭旁的平板電腦。

〇五

我坐在走廊的長椅上，拚命祈禱一切順利。驟然間，傳來一陣微弱的哭聲，接著那道哭聲逐漸轉大，越來越宏亮。心頭湧上無數情感，我霍地站起身，腦中一片混亂。

產房的門開了，主治醫師拉下口罩，朝我露出微笑。他的鬢角是金色的，眼睛是碧藍色，是位三十歲左右的計畫生產兒——不，是身爲計畫生產兒的青年了。

「恭喜你，是個健康的男孩。」

一聽到他的話，我原本緗緊的全身頓時放鬆下來，內心爆發出無限歡喜。我快步跑過醫師身旁，穿過產房大門。

美羽躺在產檯上蓋著被，臉上漾著幸福的笑容，懷裡抱著一個小嬰兒。從她凹陷的雙頰就能看出她早已精疲力竭，卻依然無法掩蓋臉上的喜悅神采。我跑過去，將臉挨近包裹在白毛巾的小嬰兒那瞬間，心臟發出轟然巨響。

小嬰兒頭上稀疏的頭髮，每一根都是黑色的。

厚重眼皮下只睜開一條細縫的眼睛，也宛如墨汁般漆黑。

無論頭髮或眼睛都長得不對勁的嬰兒，窩在美羽懷中哇哇大哭。

我感覺整間產房都在搖晃，好不容易勉強站穩，才出聲問美羽：

「美羽，爲、爲什麼？」

「啊？」

依然笑容滿面的美羽抬頭看我，我強忍嘔吐的慾望，這麼問出口：

「爲、爲什麼……這孩子會是……」

「怎麼了？」

「意外兒。」

我簡潔說完。我沒有任何多餘的心力去顧慮周遭的看法，嘴巴乾渴無比，卻硬是往下問：

「爲什麼會生出意外兒？妳沒發現嗎？」

我聲音發顫地連聲追問，美羽驚愕地張大嘴巴，低頭目不轉睛地盯著懷中的嬰兒。她的笑容漸漸褪去，雙眼因困惑及恐懼而激烈顫動。

「啊、啊。」

她纖瘦的肩膀顫抖不已，忽然翻白眼昏了過去，全身就像綳斷的絲線虛軟無力。我立刻連同小嬰兒抱住她的身體。

「這很常見。」

在產房外頭，醫師這麼說。他已經摘下手術帽，手壓著仔細用髮膠固定好的金髮，語氣平淡地說明：

「寇奇尼亞在性狀上的特徵沒有展現出來，這在全世界已經有好幾百起案例。這是事實。」

「比、比起這件事。」

我避免吵醒懷中的嬰兒——義仁，壓低聲音詢問：

「有可能是那個，外遇嗎？」

「不可能。」

醫師乾脆斷言。

「從產前檢查就可以確知，這嬰兒不是森村彬先生你的孩子的機率是兩兆分之一以下，實際上就是沒有這個可能。還有，剛才我也做過瞳孔反應了，義仁毫無疑問是計畫生產兒。」

「可、可是，顏色……」

「我剛才就說了，是性狀的問題，只是沒有表現在外觀上。」

我無話可說了，懷中的嬰兒彷彿突然重如千斤。當手臂開始發麻時，我注意到醫師端正的容顏上浮現了困惑的神情。

「不好意思，請問有什麼問題嗎？」他開口問道，又接著說，「不管是多小的事都可以，請不用有所顧慮，儘管說出來。」早該聽習慣的計畫生產兒的語氣，在此刻卻顯得極為冷漠無情，我甚至感到他把我當成傻瓜看待。

智力高，最近還出現身體更為健康的傳言。他說義仁具備了計畫生產兒的這些特質。但他的外表看起來就是一個意外兒，別人也只會以為他是意外兒，甚至我自己也一樣。就連身為父親的我，還有身為母親的美羽都不例外。

「這樣子，我、我要怎麼養……？」

我絕望地說，重新抱好手中的義仁，

「大家會以為他是意外兒，對他冷眼相待。」

「會這樣嗎？」

醫師側頭思索，目光十分銳利，如此質問我：

「就算大家眞的會冷眼相待好了，所以你就討厭他，不想養他了？」

他的語調變得十分嚴肅。

我沒有！我想這麼反駁，聲音卻哽在喉嚨。我就是這麼想，我就是不想養他了。我毫無疑問就是這樣想的。我發現醫師說對了，愣然杵在原地。

「不好意思我再重複一次，」

醫師小聲嘆氣道：

「這些都是爸媽的問題，孩子本身沒有任何問題。」

說完便低頭挨近義仁，語調溫柔地輕聲說「好乖，眞可愛」。義仁的眼睛睜開一條細縫望著醫師。他現在還看不見。儘管我心裡清楚這一點，但那雙黑眼珠看起來像是飽含著好奇心。剛來到這個世界上、純潔無瑕的心靈，對於周遭的任何聲響和動靜都很有興趣，他渴望碰觸未知的世界。

我伸出手指輕觸義仁的臉頰。

從他乾巴巴的臉頰，有一股溫熱清楚傳到指尖。

「早安。」

早上六點。一踏出寢室，我就朝客廳打招呼，站在牆邊水族箱前的義仁回過頭，那雙黑眼睛神采奕奕，看不出來才剛睡醒，那頭金髮的髮根是黑色的。

「早。」

義仁打完招呼，便再次將目光投回水族箱。

我走近他，拍了一下那個穿著睡衣的背影。他沒有任何反應，依然專注地盯著水族箱。我在他身邊彎下身子，同樣望向水中。

有兩隻柳星張在游動。那是今年四月，義仁十歲生日時，我送給他的禮物。其中一隻正身姿輕盈地游來游去。

另一隻則沿著水族箱的玻璃，笨重遲緩地向前游，身上的白絲都纏在一塊兒了，身體兩側的紅色皮膜也萎縮扭曲著。

「翅膀治不好了嗎？」

義仁憂心忡忡說，「上次那種藥好像沒用。」

「不，還很難說。」

我語氣開朗地回應，伸手抓亂他的頭髮。

「好了，來準備吧。」

在浴室裡，我將專用圍布披在義仁赤裸的身上，拿起蓮蓬頭稍微沖濕他的頭髮，再從管中擠出染髮劑，用專用的梳子抹在他的頭髮上。義仁一臉無聊，但已經不再抗拒這件事了。一直到七歲以前，他每次都會極力反抗，讓我們吃盡苦頭。

「你眞乖，已經長大了。」

我不假思索地脫口而出，義仁哼了一聲，回應道：

「我才不乖，但的確長大了。這是妥協。」

我無言以對，只是繼續用梳子塗抹他的頭髮。

等時間到了，再用水沖乾淨，義仁的頭髮直到髮根都完美染成了金色。美羽從走廊探出頭來說「飯煮好嘍」。

我們開著電視新聞節目的聲音當作背景音樂，享用早餐時，男性主播的聲音響起，我忍不住朝電視的方向看去。

「——榮獲作曲獎的是系列作第一百集《星際大戰——恰恰的陰謀》，編寫電影中所有配樂的SHINOMIYA．KURAHA小姐，她是在日本土生土長的作曲家，相隔八十年後第二位榮獲這項獎項的日本人。SHINOMIYA小姐的簡介中幾乎沒有透露關於她自己的訊息，也沒有參加這次的頒獎典禮，奧斯卡小金人像是由導演兼劇本的——」

金髮碧眼的男性主播喜孜孜地宣讀文稿，彷彿得獎的是自己一般開心。我留意到美羽的目光，點了點頭。

「眞了不起。」

「嗯。」我附和。我確實這麼想，也很開心，但同時，還感到很心疼。

玖羅葉不能站到鎂光燈下。如果她爸媽當初能正經些，她現在的命運也許會截然不同。要是當初他們聰明點，乖乖服用寇奇尼亞的話，她應該就能光明正大地親自領取奧斯卡小金人了。或者是，僞裝一下也行，就像我對義仁做的這樣。

這樣比較好。在現在這個世界上，這樣才是最正確的做法。絕對錯不了。

吃完飯換好衣服後，我拿起昨天寄到的一盒新隱形眼鏡朝洗臉台走去，就看到義仁正凝視著鏡中。

「聽說這次的隱形眼鏡可以戴著下水游泳，哭泣時的紫色也比以前自然。」

「哦。」

義仁不甚在意地應聲。

「你不喜歡？」

「沒有。」他搖搖頭，金髮隨之搖擺，然後將雙手撐在洗手台上，將臉湊近鏡面。

「……沒辦法，這雙眼睛太奇怪了，只好妥協。」

義仁凝視著鏡中的自己，輕聲嘀咕。我點頭說「眞抱歉」，從盒子裡頭取出兩個容器。

在透明的容器中，碧藍色的隱形眼鏡因日光燈的照射而閃閃發光。

婚姻生存遊戲

〇一

我極少主動回想小時候的事，不過偶爾突然其來的刺激，會迫使大腦裡的記憶復甦，喚醒當時的情感。那就是當我聞到特定氣味的時候。

忘記倒廚餘時，三角形濾水籃散發出的腐臭味會讓我想起空無一人的公寓屋內，就連當時從骯髒換氣扇射進來的晚霞色彩都歷歷在目。那是我十八歲之前住的家。

擁擠電車裡，中年男性帶著油耗味的體味，會讓我想起爸爸高大身軀的溫暖，以及他鬍子扎得我好癢的觸感。我記不清他的長相，他好像經常穿著西裝，但我不曉得他從事什麼工作。我快上小學時，爸爸就離開家了，而我是直到很久以後才得知他們當時離婚了。

媽媽在中小型企業的員工餐廳任職，她對於不曉得是新興宗教還是自我啓發課程的團體十分熱衷。記得當年我還在接受義務教育時，每天早上六點她就會帶我去參加附近的集會，好像叫作「晨間聚會」還是「早晨集會」，總之就是個了無新意的名稱。

集會地點應該是在教祖或團體代表的自家，鋪著榻榻米的大房間裡總是坐著幾十位男女，也有幾個與我年齡相仿的孩子。

我聞到線香的氣味時，就會想起集會的細節。

「一切唯心造。」

那位不曉得是教祖還是團體代表的枯槁老人，在聚集此地的眾人面前，語帶威嚴這麼說。壁龕擺著一根彎彎曲曲的木頭，上頭點綴以繫著念珠的裝飾品。前方的香爐中插著幾根線香，白煙嬝嬝飄昇。

「儘管不靠科學技術，人們也能心意相通。」

老人貌似肅穆地合掌。房裡所有人，包括我，都仿效他做出相同的動作。

「用心許願、祈禱，與宇宙天地融合爲一。這樣一來，甚至能夠阻止地震發生。沒錯，正如這個瞬間一樣。」

聽說在我出生老早之前發生的東日本大地震，俗稱3．11之後，如此宣稱的人士接二連三冒出頭來。不光是那些原本就存在的新興宗教，還有很多人吹噓自己擁有超能力，「現在正在發功阻止地震發生」，並揚言「全靠我一個人很困難，需要大家的力量」，從夥伴，也就是信徒身上募款，並靠這些捐款過活。他們主要是透過網路，特別是社群媒體來進行相關活動。

那老人多半也是其中之一。壁龕裡的木頭稱爲「御神體」還是「御本尊」之類的，我不太記得了，現在更是沒有任何動力去搜尋資料，但我敢打包票那絕對是海嘯的大水退去之後，遺留在災區的漂流木。

這些靠地震災害興起的怪力亂神，後來各自發展出不同的路線，那老人就是整個偏重精神世界，選擇了否定物質文明及科學技術的方向。雖然他明明是運用網路才延攬到那些信徒的，明明集會地點總是開著亮晃晃的電燈，靠空調才打造出冬暖夏涼的舒適環境。

現在的我有能力指出其矛盾之處，也敢大聲出言嘲笑再跑出集會所。但是小時候，我只是沉默地聽他講道，媽媽則是認眞聆聽，途中還頻頻點頭。

由於這種環境背景，媽媽不准我擁有任何電子裝置。

讀小學時班上只有我一個人是這樣，頂多再有另一位家境清貧的同學。我沒辦法跟同學傳訊息，也不能玩遊戲，連網路節目都沒得看，根本沒辦法加入同學談論的流行話題。

「眞厲害。」

小學五年級的第一學期，一個從關西轉學過來、我現在連名字都想不起來的男生剛踏進我家，就驚嘆地說了這句話。他宛如狐狸般的雙眼閃耀著天眞無邪的好奇。

「我有在社會科資料集裡看過。那是我在前一間學校上過的課本。跟那個一樣。」

「什麼東西？」

我出聲詢問，他一臉敬佩。

「跟『二十世紀的文化』那章裡面一般家庭的相片好像。」

他興味盎然地環顧狹小的屋內。實際上正如他所說，我家玄關的門鎖仍是極爲落伍的喇叭鎖，茶几上整齊擺著電視跟冷氣的專用遙控器。

他問「那是什麼」時，手指向的物品是室內電話。

我被遺落了，在內心萌生這種憂傷之前，首先閃過腦海的念頭是擔心媽媽，她所感受到的不方便是不是更勝於我呢？她該不會因此在工作上遇到不愉快的事吧？

她跟爸爸分手後，爲了療癒自己受創的內心，開始參加集會。聆聽那個老人的布道，與其他信徒交流，拯救了她的內心。她因此才能重新振作起來，有力氣養育我、給我關愛。用日常生活中的不方便作爲代價。

我過去一直認定母親是在爲了我們而付出。我眞傻。現在回頭看，一切都很清楚。

媽媽在我剛上國中時，就立刻與經常來集會、名叫清水的男性再婚了。他好似理所當然地搬進公寓，三個人開始一起生活。

清水平常抽的菸是「Peace」，跟我現在的同事山崎愛好的品牌相同。每次在公司走過他附近，我都會想起清水。

他是一個極爲普通的凡人，因此當我媽生下跟他的小孩之後，他就不再理睬我了。能夠給予結婚對象帶來的拖油瓶跟自己小孩同等關愛的，非聖人莫屬。我決定接受這個想法，捱過每一天。對於清水，我沒有什麼特別的情感，即使我想起他，內心也沒有任何感覺。

日益加深的是對於母親的憎恨。

「果然還是要實際碰面相處再交往比較正常。」

那是國中一年級的冬天。媽媽拿著平板電腦在拍明日菜——她跟清水生的小孩的睡臉時，脫口說出的話。清水點頭應和。

「在網路上認識的都沒什麼好結果，感情是要怎麼靠機器培養出來。」

現在的我才領會到，那應該是在指我爸爸。母親慈愛地輕撫明日菜，再從各種角度記錄她的臉龐及身影。

我徹底懂了。

媽媽當初只是想要「認識異性」的機會。她去那個集會所，只是爲了找到一個更好的伴侶。證據就是，再婚後不久，她漸漸不再去早上的集會，也不再參加重要活動。清水也一樣，他的手裡無時無刻都拿著平板電腦。

我又被遺落了。不光在學校，在家裡也是。

我當場大鬧吵著要平板電腦。現在回頭看，自然能取笑自己都上國中了還鬧脾氣真幼稚，不過當時可是非常拚命。明日菜受到驚嚇哭了起來，媽媽痛揍我好幾下，清水則在一旁嘿嘿笑。

我總算拿到平板電腦時，已經是國中三年級的秋天。明日菜要上幼稚園，媽媽去買腕表型幼兒用裝置時「順便」買的。好像是從二手商店買來的，液晶螢幕和機身上滿是細小的刮痕，電池狀態也不好，就算充飽電也撐不過一小時，然而我還是歡天喜地收下。

「來，這個。」

我開始用平板電腦沒多久，班上的三谷就拋下這句話，遞來一個矽膠製的藍色平板外殼。印象中那件事發生在午休時間。

「我老爸是那間公司的員工，他帶了一堆正品樣本回來，堆得家裡跟座小山一樣。」

他那一副眞是受不了的語氣似乎有幾分刻意。我不曉得事實究竟如何，但我很清楚他在好意顧及我的感受。

「謝謝。」

我坦率道謝，接下矽膠外殼。他笑著說「終於消掉一個庫存了」。

直至今日，只要聞到矽膠的氣味，我仍會回想起那段對話。三谷在高中時也很照顧我，除了平板電腦的使用方式，還教了我不少我從未接觸過的娛樂及文化知識。不管是平板電腦還是矽膠外殼，我都一直用到滿十八歲離開家裡爲止。

〇二

差不多該結婚了。這念頭是最近浮現的，就在滿三十五歲後不久。

如果一直保持單身，不僅會影響社會信用，也沒辦法出人頭地，理由就只是這樣。直到現在，我任職的生活雜貨製造商「ef-de」，有家室的員工依然能獲得更好的待遇，特別是我隸屬的產品企畫部門，部長和經理雖然嘴上不會明說，但能明顯看出公司整體都有這種傾向。

兩年前結婚的山崎升上課長了，這也是原因之一。

他的工作成績比我好是事實。公司這十年來最暢銷的商品——藤蔓型除臭劑「纏繞小子」的企劃人正是山崎。標榜除臭效果的人造植物從很久以前就有了，不過纏繞小子的效果好得出奇，又便宜許多。起初是設定在辦公室內使用，但最近也有越來越多獨棟住宅的外牆覆滿了纏繞小子。

更重要的是，山崎自從結婚後，身心都明顯變得更健康，待人處事也圓滑得多。換句話說，他成爲一個更優秀的「人才」。原本尖削的下巴不知不覺中逐漸圓潤，嚴肅神情變得沉穩，老愛夾槍帶棍的嘲諷語調轉爲開朗正直，香菸雖然沒戒，但每天抽的根數確實比單身時期減少了。

「她說喜歡吃我煮的那些亂七八糟的菜。口味重又肥滋滋，完全沒考慮營養成分的那種。」

有次不曉得在講什麼時，順道調侃了一下最近都準時下班的他，「老婆正在家裡等你回去嗎？」他便爽朗地這麼回答。他沒有刻意裝出嫌麻煩的姿態，也沒有擺出自豪的神情，就是極爲自然地說出這句話。山崎的變化幅度之大，讓我震驚非凡。這跟過去曾公開表示「這個時代還結婚實在太落伍了」、「如果有一天眞的沒辦法，那就利益婚姻吧」的那個他，簡直是天差地遠。

「眞的這麼好嗎？」

某天的午夜十一點，山崎難得加班到深夜時，我直接開口問了。結果卻忘記提及最關鍵的主旨，只好慌忙再補上一句「我說婚姻生活」。

全白設計的整層樓，當時就只有我跟山崎兩個人在。

原本正要從我背後走過的他停下腳步，稍微思索片刻後回答：

「對我來說是。」

然後又加了一句，「希望對由夏來說也是啦」。他看起來是盡量挑選中性用詞，避免給我強迫推銷的感覺。他的家庭狀況還有親子關係，我都早在分到同部門隔年一起喝酒時就知道了。他對戀愛結婚別說是沒興趣了，根本嫌棄得很。

Peace的氣味竄進我的鼻腔，繼父清水的臉又浮現眼前。公司內爲了生意需求，隨時保持徹底除臭的狀態。因此在工作時，我幾乎不會有機會受到氣味干擾，但現在這麼近的距離，自然就聞得到。

「怎麼了？」

山崎詫異地低頭望著我，我才發現自己不自覺皺著眉頭。

「沒事，就是看你好像很享受的樣子，有點好奇。」

我說了一個並非謊言的理由。他凝視著蓋滿整面走廊牆壁的纏繞小子。

「如果你有興趣，可以上『結緣』註冊看看。我就是這樣遇見由夏的，應該也滿適合你的。」

山崎臉上漾出柔和的笑容。結緣——國內規模最大的婚友網站，打著因少子化政策背後有國家援助的名號，成功率相當高，聽說售後服務也相當出色。

「我有聽過一些好評……」

「不光是那樣而已，它的會員數也是全國第一。女性就不用說了，連男性也是。」

「那不就代表競爭也相對激烈嗎？」

我不假思索地反問。之前曾在新聞中看過，這類網站的男性使用者占壓倒性多數。

「這個嘛，哪裡都一樣。不過他們的花招很多，有各種方法來幫助會員建立更開心、更自由、更圓滿、更持久的家庭。」

山崎意味深長地一口氣舉出好幾個形容詞。

「那是什麼意思？」

我提出疑問後，他將平板電腦舉高，婚戒在日光燈的照射下閃閃發光。

「就是說，會有很多人從旁協助你。因爲使用者夠多，這一點比其他網站強很多。」

他伸出手指比著螢幕，神情轉爲認眞。

「你大概會需要很多幫助。如果有什麼我能幫上忙的，我很樂意拔刀相助。」

「不好意思，我有一點聽不懂。」

我老實說。他明明才剛說「適合我」，現在又說「我需要幫助」。雖然不算彼此矛盾，但聽起來前後有點對不上。

「你先註冊看看就會懂了。」

他拋下這句話，就接著喊「掰啦，我差不多該回去了」，便離開了辦公室。我凝望著綠油油的纏繞小子，待在沒有任何氣味的辦公司獨自思考。

我拿起桌上的平板電腦。這是最近剛買的新平板，還順便連外殼一起換新了，矽膠製的外殼這次我也是選了藍色。

我將平板拿近鼻子，嗅聞外殼的氣味，下意識想起三谷。打從高中畢業後，我們就沒再碰過面，不過一直都透過社群軟體聯絡。

而媽媽跟清水則是自我離家之後就不曾聯絡過。明日菜應該出社會了，我不知道她現在過得怎麼樣，我也不想知道。我對那幾個人沒有任何愛、思念或是感激之類的情感。

但是我很感謝三谷。在朋友這部分，我的運氣似乎一向不差，那這次應該也可以嘗試看看朋友——山崎的建議吧？

我從平板前抬起臉，開始收拾東西準備回家。

「原來是這個意思……」

午夜一點，我在公寓家裡的客廳，靠在一人座沙發上，把平板隨手往旁邊一丟，嘆了一口氣。液晶螢幕上顯示著結緣的註冊表格。

必須塡寫的項目有地址、姓名、出生年月日、性別及電話，還有職業、公司名稱、職位跟年收。此外還有證照跟獎懲紀錄、信用卡密碼與實名制社群軟體的帳號。到這裡都沒有任何問題。

問題是最後一項。

法定監護人的社群軟體帳號。

或者是上傳五百個有照到自己的相片或影片檔。

我點下欄位旁邊的「?」記號，彈出的視窗中顯示了以下文字。

〈爲了評估欲註冊會員的人士至今的社會生活資訊，這個項目是必要的。取得相片或影片檔後，該服務的專屬程式會依據檔案數量、註冊會員在相片拍攝當時的年齡、表情、服裝、聲音、動作及其他資訊進行分析，讓註冊會員的簡介更貼近本人實際的模樣，促使配對更順利進行。〉

這對大部分人來說應該都很簡單。當然有不少人或許會感到排斥，但那頂多是不想透露自己的私生活。

我跟法定監護人已經沒有聯繫。手上雖然有一些拍到自己的相片及影片，在那間小公寓裡拍的卻是連一個也沒有，而且我手中的檔案數量有沒有到五百個，我也不敢肯定。

儘管註釋中並沒有明講，不過我知道這個項目的目的在於估計註冊會員的經濟能力及社交狀況，同時有意排除「家庭關係有問題的人士」及「不熟悉網路環境的人士」。這個含意就是，沒人想跟這種人結婚。

我居然在最一開始的階段就要被拒絕了。

我驀地記起山崎的話。他說我會需要幫助。換句話說，我一個人沒辦法完成。當時我就對他彷彿話中有話的講法有些在意，的確讓他說中了。

我一一檢查平板電腦裡保存的相片及影片，總共有兩百個檔案，其中拍到我的只有九十二個。

我想到也可以看一下雲端硬碟，螢幕上滿滿的縮小圖示令人安心。數了數，有兩百個，還是不夠。用結緣的話來講，就是「沒有滿足必要項目」。

太愚蠢了。

跟法定監護人在社群軟體上互爲好友，用相片或影片記錄自己的生活，而且一直持續記錄的行爲很普通嗎？正常又健全嗎？

我頻頻咂舌。一發現自己無意識的這個反應後，我便設法克制怒氣。冷靜點。自暴自棄是很簡單，但目前還有我能努力的空間。只要設法去找拍到自己的相片或影片，一定就能找到的，像是朋友、熟人拍的。

我敲起平板傳了封短信給山崎，扼要說明現況，請他傳相片或影片檔給我。五分鐘不到，回信就來了。

〈這些是我手上有的全部了。〉

接下來，龐大的檔案跟著送到。入社典禮的大合照、歡迎會、我們幾個同期進公司的年輕人一起去釣魚的那條小溪。我抱著懷念又感激的心情下載檔案。新存進平板電腦的相片及影片總共有兩百個。

三谷那邊我也坦白說明情況，他也是立刻就回了信。

〈我只是剛好沒有刪掉。〉

語氣冷淡的回信，附上了兩百個相片檔。

這樣一來，這個項目就過關了。果然應該好好珍惜的還是朋友。我忍不住朝著液晶螢幕一鞠躬，「感謝你們」。

我將好不容易收集來的將近七百個檔案全上傳到結緣，幾秒鐘之後，螢幕上就顯示了「上傳成功」。按下「註冊」按鍵後出現的確認畫面，我反覆讀了好幾次，又瀏覽完長長的使用規則，再相繼點下「同意規則」及「註冊」。

過了一會兒，螢幕上出現了

〈註冊成功〉

這幾個字後，便立刻跳出個人帳號的頁面，左上角寫著我的名字，而履歷欄則寫著今天的日期跟「註冊起始」這幾個字。系統選的大頭照是山崎趁工作空檔拍下的我認眞的側臉。

終於突破難關了。其實就是內心波動了一番，事情本身很簡單，一旦結束後，剛剛的滿腔憤慨也就跟著煙消雲散。我放下心來。

信箱收到一封由結緣營運中心寄來的歡迎信，標題寫「謝謝您的註冊」。接著又傳來了一封，寫著「首發點數的說明」。

內容如下。

〈從您提供的各項資料算出您的點數是2。我們將會全力支援您，祝您配對馬到成功。〉

點數是什麼東西？點數是「2」又是什麼意思？我研究了一下網站裡的教學及說明，才終於搞懂箇中含意並且嚇了一跳。

男性會員不管做任何事都需要消耗點數，閱覽女性會員的簡介要五點，傳訊息後如果要看對方回傳給自己的訊息要十點。還不光是這樣，每個月都得支付十點，否則註冊帳號就會遭到註銷。每一點要花一千日圓，而女性則能免費使用所有服務。

這沒什麼好奇怪的，反倒很恰當，是最適合的設計。我坦然接受。極爲不合情理的是系統居然判斷我的簡介只有2點，價值只值兩千日圓。ef-de絕非小公司，我雖然僅是一般員工，可薪水也不差，居然淪落到這種結果。

一定是相片和影片的問題。

一定是因爲我沒有小時候的紀錄，檔案數也只低空飛過規定數量，所以「該服務的專屬程式」就給了這麼難看的評分。

我拿著平板電腦的手不由得顫抖，眼前又浮現那間傍晚斜陽射進的小公寓。都是廚房裡的廚餘開始餿了，那股氣味勾起我過往的記憶。

我忘記要收拾了，廚房除臭劑「飄散小子」的效果好像也沒了。這是從我小時候就在賣的ef-de長青商品。

我站起身，往廚房走去。才向前踏了一步，就感到疲憊不堪。

令我意外的是，僅有註冊時遭逢挫折而已。相當花錢這點在註冊前我就曉得了，後來也不需要再去回想更多童年生活的記憶。或許是因爲我的目的很明確，我就只是想要「有家室」這項勳章，並不渴望跟誰親密無間地相伴生活。

一旦在情感上切割清楚，我反而開始認爲結緣的系統設計得很合理，甚至有某些情況還讓我感到很適合自己，譬如「氣味檢測」服務。

花十點就能收到一個約面紙盒大的「檢測器」，將它與平板同步連線，再把手擺在上面，幾分鐘後它就會把體味轉爲各種數據，記錄在我的帳號上。女性可以把鼻子湊近檢測器的吹風口，就會聞到我的體味——精確來說，是檢測器以那些數據爲基礎，重新合成化學物質所創造出來的氣味。而我只要透過檢測器，也能聞到女性的體味，還可以概略得知她平常是否有使用香水的習慣，身處什麼氣味的環境中。

〈氣味檢測服務，是本公司爲讓會員在線上就能判斷雙方在生理上是否合拍，獨家開發出來的劃時代體味紀錄、共享服務。〉

在檢測器的使用說明書上，寫著與購買頁面相同的文字。我再次恍然大悟，既然要建立長期的關係，不管我情感上切割得再徹底，生理上合拍與否至關要緊。雖然體味及生活環境的氣味不代表一切，但能夠靠這些線索來刪減對象，令我十分感激。對於像我這樣特定氣味與不愉快記憶的連結強到無法分割，甚而據此挑選任職公司的人來說，這項服務實在是太貼心了。我甚至感到這項服務根本就是專門爲我開發的。

山崎之前說「適合我」，指的就是這一點吧。這個時代眞不錯，我這項結論好像有點誇張了？

我想找的是目的與我一致——想要利益婚姻的女性。我在簡介中寫得一清二楚，找對象時也都最優先考慮這項條件。香水味濃郁的女性、飄著Peace或線香氣味的女性不予考慮，當然沒有女性會散發出廚餘的味道。

一想到應該也有陌生女性因爲體味這個理由刪掉我，就不禁有點沮喪，不過這種事就講求你情我願。

我和幾個人聊過天，有時是對方斷絕聯繫，有時則是我主動喊停。我不覺得後悔或猶豫，心態就跟面對工作時一模一樣。

第一位見面的女性是位二十九歲的護士，從檢測器吹風口飄出來的味道，帶著若有似無的消毒水氣味。

我們相約在假日吃飯，咖啡上桌後，她說：

「你的相片組成很失衡，讓人有點在意。」

她說話的語調宛如機器，是名缺乏表情變化的瘦削女性。

「妳是說這樣不太正常嗎？」

我這麼問她。她理所當然似地答「嗯」。

「那妳心裡會扣分嗎？在挑選結婚對象時。」

「會。」

她又用理所當然的語氣回答：

「不過，就算用專門網站也沒什麼太大意義呢。」

呵呵，抿著嘴發出意味深長的笑聲。

在註冊結緣後沒多久，我就發現其實也有不用上傳相片或不和社群網站連動的婚友網站，不過我從沒有「早知道就用那家」的想法。風險太高了。怎麼可能跟一個只知道她現在是什麼樣的人結婚，光要碰面都不免內心有所戒備了。

我很清楚這只是個人堅持，可是我不想跟不公開任何紀錄的對象接觸。這是我的判斷。不管有多格格不入、甚至排斥，我也是活在此時此刻的人類之一。

「我主要是爲了讓爸媽放心。」

她啜飲一口咖啡，露骨地用評頭論足的眼神打量我。

「那幹麼來跟我碰面？」

我笑著回話。幾乎可以確定談判破裂了，再繼續多費唇舌也不過是浪費時間。這是我的判斷。

「因爲我喜歡你的臉，長相順眼的對象很難找。」

她理直氣壯地說。這倒是引起我的興趣。講話這麼坦白的女生還挺有趣的，或許以後也都能開誠布公地聊天。

後來我們又見了兩次。直接講結論，沒成功。她給我的理由是「就感覺不太對」，一個非常感覺性的理由。

到頭來女性最重視的似乎是自己的主觀感受，雖然不到戀愛情感的程度，但她們很看重這些無法用道理說明白的心緒。我用這些話來說服自己，繼續認識其他女生。

遇見靜香，是在註冊差不多兩年後的事。就在我總共砸下五十萬日圓買點數，正考慮要暫時收手的時間點。

〈我要利益婚姻。我認爲重要的只有現在跟未來這兩者。〉

簡介裡的一句話吸引住我的目光。沒有其他的文字記述。

蒲原靜香，二十七歲，職業是派遣員工，沒有在社群網站上跟法定監護人互爲好友，童年時期的相片也少得可憐，最近才註冊爲會員的。

她的體味帶著淡淡的肥皀香氣。

我立刻購買點數，傳訊息過去。互傳幾封訊息之後，我們就碰了面。

實際見面後，發現她本人跟簡介上的相片差很多，表情豐富，個性又開朗。

令人訝異的是，靜香的遭遇與我極爲相似。生父過世，媽媽加入新興宗教，自己因爲她的一己之私被迫遠離高科技。靜香一直到二十歲都住在鄉下的共生村，跟其他信徒一同過著自給自足的生活。最後會離開那裡，是由於媽媽跟附近的農家男性開始交往，某天一句話也沒留給她就擅自脫離了組織。

「太像了。」

我向她坦白過去後，坐在桌子對面的她凝視著自己的手。

「這或許是一種緣分。」

臉上浮現害羞的笑容。

又是主觀判斷。又是感覺。這些念頭閃過大腦，但我並不感到厭惡，也不覺失望。

因爲我的感想跟她一模一樣。

「眞的是很有緣。」

我一說出口就後悔了。太老套了。四周本應毫無關聯的其他客人的笑聲突然顯得莫名清晰。

「是好緣分。」

靜香接了這句話。

「我們一定可以建立良好的關係。沒有戀愛情感，就只是一起生活。證據就是……我們擁有相同的過去，雖然也只有這個原因而已。」

她略帶尷尬地又笑了笑。說利益婚姻爲「好緣分」，我心裡頭感到好像哪裡怪怪的，但我仍舊點頭附和「沒錯，我也這麼想」。

我對她說「我們結婚吧」，是三個月後，某個星期日的早晨。就在身體剛交疊了兩次，「感覺不差」、「但不需要太多」，彼此達成共識之後。

「你挑這種時間講這個？」

她鑽進被窩，吃吃笑起來，「也好，嗯，多多指教嘍。」說完便抱緊我。沒一會兒，她鬆開我，便立刻伸手去拿放在床頭的平板電腦，螢幕顯示出結緣的頁面。

她是要退會吧？我是一直挺欣賞她做事乾脆俐落的個性，可這也太急了。

「太快了。」

我苦笑道。她問「什麼事？」我說明原因之後，靜香說：

「怎麼可能。」

她滑著螢幕開朗地說：

「那樣當初註冊結緣就沒意義了。」

螢幕上是琳瑯滿目的戒指。與知名品牌聯手打造，只有在結緣才能買到的婚戒。居然還有這種服務！我驚訝地睜大雙眼。應該是女性專用頁面吧？反正我是沒看過。而她想要戒指這件事，也滿出乎我意外的。

「妳想要？」

聽到我的疑問，她抿嘴呵呵地笑起來，答道：

「重要的是現在跟未來。」

她簡介裡的那一句話，促使我跟靜香走到今天這一步的契機。在見面聊天的過程中，我能確定她是真心這麼想，而我也能認同。但為什麼她會在這一刻、在這個時間點說出這句話呢？

她似乎沒有留意到我的納悶神情，自顧自道，「既然都要買，還是挑個可愛的好。」神情愉快地瀏覽著戒指頁面。

〇三

早上七點，我一起床就聞到了咖啡香氣，靜香在附近專賣店買的店家特調，廚房傳來她的哼歌聲。

平凡的早晨。我們去區公所提交結婚申請，順利完成結婚登記，搬到這間公寓大廈已經過了半年。上班日的早晨，每一天都是這樣過。如果電影開頭出現這種場景，觀眾應該都會聯想到「一個幸福的普通家庭」。確實是很幸福。我們平常不干涉彼此，遇到困難時又能互相幫助，正是我理想中的利益婚姻、共同生活。可是——我下床時心情十分灰暗。

「早安。」

靜香解開圍裙帶子。桌上已經擺好兩人份的早餐，有她自己做的麵包，培根煎蛋，正中央的碗裡是沙拉，馬克杯盛著咖啡，玻璃杯裝的則是柳橙汁。

我在椅子坐下，「早安，我開動了」。

她是現今少見的自炊派。她說以前長年在共生村生活，事情該自己動手做的想法已經根深柢固，而相較於只做一人份，做兩人份更加划算。剛開始我一時不太能適應，但靜香做的每道菜都美味極了，漸漸我就不再外食，連午餐都是她親手做的便當。那幾個主管每到午休時間，就要用「愛妻便當呀，好羨慕」這種八百年前的用語來調侃我。

愛妻這個詞有語病，不過確實比在外頭隨便吃要好上許多。健康、省錢又美味。她也能包容我對於某些特定氣味極爲敏感的特質，甚至還爲我愛上了「飄散小子」。與她一起生活淨是好處，這個算盤怎麼打都划算。我確實這麼認爲，只除了一件事。

左手的無名指。設計簡約卻別緻的婚戒，在廚房窗戶射進的陽光照耀下，正閃閃發光。

「你怎麼了？」

靜香早在對面坐下，正憂心忡忡地觀察我的神情。

「看起來也不像是累了……」

「嗯，最近工作沒那麼滿。」

我擠出和善的笑容，啜飲了一口咖啡。

兩人輪流使用洗臉台，換衣服收拾東西，一起出門，並肩朝最近的車站走去。在路上隨口聊些平凡無奇的小事，在車站揮手道別。等到她的身影消失在眼前，我才大大吁了一口氣。更精確地說，是自然地呼出一口氣。今天也一樣，我忽然感到無名指變得好沉重。

我當然很清楚這僅是心理作用，重量不可能增加，只是有東西自動啓動了而已。戒指裡頭裝設的GPS跟各種感應器啓動了，只要兩枚對戒相隔超過一定距離。靜香能透過結緣掌握我現在人在哪裡，也能得知我目前的體溫，脈搏是加快還變慢，以及我是否依然戴著戒指。

這就是結緣的「售後服務」。

靜香所說的「重要的是現在跟未來」的眞正含意。

我再次嘆了一口氣，慢吞吞地穿過收票口。

社會大眾都不認爲結緣特製的婚戒有任何問題，大家都覺得這非常正常。主管說上一代，不，大概是兩代以前了，不少人會偷看伴侶的平板電腦。在現今這個運用指紋認證及脈搏測定「是生命體」或「是否清醒」來解鎖的時代，這簡直是令人難以想像。他認爲相較之下，透過戒指監視根本是件不值一提的小事，既不會透露公司的機密資訊，也不會讓對方確知自己去酒店玩或有外遇。

自懂事以來，生活中就充滿平板電腦的同世代朋友也全都這麼想。我問三谷時，他還反問我「這是什麼意思？」山崎甚至還肯定地說，「我反而覺得滿有必要的。」

「萬一我昏倒了，由夏立刻就會收到通知，也知道我人在哪，就是爲了預防這種意外才裝的感應器吧？」

那是我去區公所提交婚姻申請，交換戒指隔天午休的事。我對著在公司吸菸室享受吞雲吐霧樂趣的山崎，傾吐戒指帶給我的煩惱。這是一種束縛。我的自由遭到剝奪——談完話，我們喝罐裝咖啡潤了潤喉，山崎表情驀地暗了下來。

「……抱歉。」

他突然其來的道歉令我十分困惑。

「我早就猜想結緣有些設計可能會讓你難以適應，但我完全沒料到你過不去的竟然會是這一點。」

他神情沉痛地說，將香菸在菸灰缸中按熄。菸灰臭味撲鼻而來，我怔怔地看著他的動作。

我又被遺落了。

國三那年，媽媽丟給我那台破爛不堪的平板電腦後，我在三谷的協助下拚命熟悉使用方式，費盡千辛萬苦終於追上大家。我一直是這樣認爲的，但好像是我搞錯了。我們看待事物的觀念早已產生了決定性的差異，根深柢固。這一刻，我深切體認到這一點。

「反過來說，」山崎像是突然想起什麼地問我，「你都不好奇你太太的事嗎？她也戴著戒指吧？」

「不會……完全不會想看。」

「這樣啊……」

山崎盯著我瞧，又點了一根菸。我從他的語氣及態度就能清楚察覺，他認爲我的話難以置信，只是沒有直接表現出驚訝神情或露出不可思議的眼神。

我將空罐子丟進垃圾桶，拋下一句「不好意思，講了些奇怪的話」，便離開吸菸室。再怎麼談大概也都是白費唇舌。我這已經不光是落伍的程度了，根本就是從過去穿越時空而來的古代人。山崎肯定是這麼看我的。

靜香和他——還有其他所有人都一樣，從小就習慣遭人監視。她說在共生村時雖然不能帶平板電腦，卻有配戴裝有感應器的手環或項鍊的義務。

「那裡還有監視器跟竊聽器，到處都是。當時我並沒有特別的感覺，現在回想起來，實在是太異常了。」

「妳怎麼看待這個？」

同一天夜裡，我舉起戒指發問，她露出不解的神情回答：

「不是很普通嗎？」

我立刻轉換話題。

看來我只能設法習慣了。就像國中努力學會使用平板電腦，努力在大家都註冊的社群網站註冊帳號，拚命吸收網路話題追趕同儕那樣，現在又到了我必須加把勁的時刻。只是，有可能嗎？我都要四十歲了，還能輕易接受新的價值觀嗎？

包包裡的平板電腦震動起來，我回過神，在人滿爲患的電車裡扭轉上半身，將它拉出來。

〈你睡過站了？〉

瞥見靜香傳來的訊息，我慌忙將視線投向窗外，眼前景色我不曾見過，看來是眞的坐過站了。我現在是在哪一站？趕得及上班時間嗎？

焦躁與疲倦同時襲來，我抓著吊環無力地垂下頭，快速用平板回訊。

〈謝謝，但妳不用特地告訴我這種小事沒關係。畢竟還是有點麻煩，而我們也不是多親密的夫妻。〉

過了一會兒，靜香的回訊來了。

〈嗯……確認伴侶的動向跟親密有什麼關係？〉

如果喝酒時大家吆喝著去酒店玩耍，會傳來〈你幾點回來？〉；如果喝到酩酊大醉，則會是〈你還好嗎？〉；如果嘗試摘下戒指，毫無例外就會收到〈你在做什麼？〉——這在社會上極爲普遍。仔細觀察一下，就會發現無論主管、同事、部下或工作夥伴，總是無時無刻用平板電腦跟伴侶聯繫。我以前沒有察覺，是因爲我連想都沒想過這件事。

我盡量避免去思考戒指的事，努力將遭受監視的事實拋出腦海，不要太認眞看待，設法熬過每一天。

可是。

「你爲什麼沒有聯繫我？你都沒看感應器嗎？」

某天夜裡，晚歸的靜香如此質問我。

「咦？妳自己說今天要加班……？」

「我不是在講這個！」

靜香咳嗽起來。

「你都不在乎嗎?我從傍晚就開始發燒了。」

用滿布血絲的雙眼瞪著我。

我想趁機坦白自己的想法,可話到口中還是嚥了下去,只回了聲「抱歉」,便趕緊從急救箱找出感冒藥遞給她,然後才查看她的戒指傳來的資訊。如果體溫上升,就是〈沒事吧?〉;如果前往公司以外的地點,就是〈你要去哪裡?〉——

靜香總是立刻回覆訊息,然而這對我而言,又是另一種沉重的負擔。

彼此之間倘若有愛,或許我就能坦誠以對。假設我們是戀愛結婚,或者就算並非如此,只要她愛我,儘管她覺得我好奇怪不太正常,或許依然會接受我。可是在現狀下,這是不可能的。未來想必也沒有這種可能。在僅僅建立於利害一致的關係中,一旦被認為不正常,那就只是一種缺點。

有一天我在工作上頻頻出錯,遭上司痛罵。山崎把我叫出去,我才發現自己滿腦子都是戒指的事,根本無心處理業務。

「你怎麼了?虧你才剛因爲結婚在公司內的評價提升了。」

在茶水間裡,山崎好似憐憫地這麼說,我連句辯解都說不出來,只能沉默地盯著白色地板。

「是因為戒指嗎？」

我無言地點頭。

唉，我聽到他嘆了口氣。

「你明天去關西分公司跑一趟，把上次做好的『綻放小姐』的三種樣品拿過去，問一下他們的意見。」

話題突然轉變，我疑惑抬起頭。

綻放小姐——是纏繞小子的花朵版本，由山崎企畫的新產品。我們試作了玫瑰、鈴蘭跟向日葵這三種款式，接下來必須決定哪一種先上市。

「有這麼急？」

我問道。距離預計上市的時期還很早，實在看不出有必要明天就拿過去開會。

「嗯。」山崎點頭，「是在曾根站吧？分公司怎麼設在這種不上不下的地方。從新大阪站轉車到大阪站，再去阪急梅田站搭寶塚線的普通車……」

他說明轉車方式時，我出聲應和。分公司我早在二十幾歲時就去過無數次了，我想問的是這趟出差的理由。難道只是「跑腿」嗎？他在暗示往後只會派這種小工作給我嗎？我內心蒙上一層陰影。

「還有……」

山崎突然說道：

「這只是傳聞，不過我曾聽說分公司附近的河岸有一塊離線區域。」

「離線……？」

「你不曉得？鄉下偶爾會有。那些崇尚自然的新興宗教——就像你之前待過的那種團體，他們會放出干擾訊號的電波，所以那一帶都沒辦法使用電子裝置。由於那附近住的都是信徒，沒有引發爭議，政府也就放任不管了。雖然那裡除了住宅就只有河流、步道跟公園，但你不妨去一趟看看？或許心情會好一點。」

我不太懂他的意思，側頭思索著。儘管他不能理解我的感受，卻用自己的方式來推敲我需要的是什麼，並主動建議我一個在日常生活的延長線上逃過戒指束縛的方法。只要事先跟靜香講一聲，就算通訊突然斷了，她也不會覺得奇怪。

「謝謝。」

我發自內心感激他，出聲道謝。山崎回「太好了」，綻放笑顏。

「我猜你應該會高興，但又不敢肯定。看來是猜中了，太棒了。」

砰，他捶了一下我的肩膀。

回家後，我告訴靜香明天要去出差，還有去分公司路上可能會經過離線區域，萬一暫時收不到我的定位或其他資訊，請她不要擔心。

「那些人乾脆躲去山上，還是找個無人島定居啦。」

靜香看起來並沒有起疑，只是隨口罵了新興宗教幾句。

「他們還是想住在都市附近啦，這樣才方便。」

我嘴上故意跟著嘲笑，心裡卻是萬分感激。由於他們出手干預科技文明，我才有希望獲得喘息的機會。

○四

隔天早上十點，我沿著阪急曾根站西側的一條狹窄河岸步道往前走，忽然，平板電腦的右上角出現「×」。這裡沒有訊號。

我現在人正在離線區域。

我環顧四周，沒看見顯眼的宗教設施，路上也沒有奇裝異服的人。

一種自由解放的感受，漸漸在胸口舒展開來。我將空氣深深吸到肺部底端，再大口吐掉。這一刻，靜香無從得知我人在何處。沒想到光是這樣，感覺就這麼好。

細長型公園的角落，有一排紙箱搭建而成的屋子，一名男性流浪漢正在水龍頭前用鍋子裝水。對他們來說，離線區域的感覺也很美妙嗎？不使用任何電子裝置的人們，或許會覺得無數電波在空中交錯的「一般區域」令人窒息。

我重新拿好裝著綻放小姐的波士頓包，繼續朝關西分公司走去，步伐自然變得輕盈，心情也雀躍起來，等我注意到時，才發現自己一路都吹著口哨。

工作結束離開分公司時，是晚上七點，我沿白天的路徑走回去，又一次進入離線區域。我特別再確認了一下平板電腦，上面果然顯示著「×」。

回程的新幹線是九點，我只要在那之前回到新大阪就行了。

我想在這裡待到非走不可爲止，然而左顧右盼卻找不到能打發時間的地點。別說是餐廳了，連家便利商店也沒有。太可惜了。我暗自惋惜，凝望著河面漫步。

難得不管我現在做什麼，靜香都不會知道。

難得只要避人耳目，想做什麼都行。

就算我全力狂奔、喘得上氣不接下氣，靜香也不會傳「你還好嗎？」給我。就算我喝到爛醉如泥癱在地上也一樣。要不要去車站旁的便利商店買點東西再回來？

我漫無目的走著，腦中一邊盤算該怎麼做好時，突然有聲音傳來。

白天經過的那座公園前面，當時看見的那名流浪漢就站在昏暗的路燈下，從白色塑膠袋中掏出一個物品。

是小瓶裝酒。

在大腦思考之前，嘴巴就主動搭話了。「不好意思」，我露出燦爛笑容走近對方，指了指那瓶酒。

「那一瓶可以賣給我嗎？」

我積極到連自己都嚇一跳。

流浪漢神情恍惚地回望我，那頭灰色長髮都糾結在一塊兒，臉色黯沉，嘴巴半開，還缺了一顆門牙。

獨特臭氣刺激著我的鼻腔。

「我說那瓶酒。」

我裝出平靜的模樣，「我會付錢」，將手伸進口袋。

他依然站在原地，嘴巴動了動，聲音沙啞說道：

「……不給，白癡。」

並將那瓶酒塞進髒兮兮的外套下。

「就算我出一千圓也不給？」

我掏出皮包，對酒精的渴望逐漸膨脹，變得十分強烈。

「我說不給就不給。」

「一千圓可以買三瓶那種酒吧？怎麼想都是你賺到。」

我步步走近，他動作僵硬地轉過身，

「不是錢的問題。」

朝紙箱搭成的屋子走去。

「你就賣給我啦，拜託。」

我頓時煩躁莫名，心臟劇烈收縮。一想到現在就算幹壞事靜香也不會知道，膽子便大了起來。

流浪漢無視我的存在，拖著腳往前走，砂石磨擦地面的聲音響徹昏暗的公園。

「喂。」

我不假思索地叫住他，繞到他前頭，語帶恐嚇，「賣給我。」附近一個人也沒有，也沒有路人經過，公園裡也沒看到監視器。焦躁轉為怒氣，但我依然冷靜地觀察周遭情況。

「誰管你，白癡。」

他喃喃嘟噥，發出「咕唔啊——」的奇妙聲音。在我終於明白那聲音代表什麼意思的瞬間，他已經朝我吐來一口痰了。我立刻舉起手擋住臉。

手指和指甲上傳來溫熱濕黏的觸感。

我用皮鞋尖端對準他的小腿狠狠踹下去。

趁他「唔啊」一聲往前倒的瞬間，再朝他的臉補了一腳。我聽到有東西碎裂的聲音。

那名流浪漢臉朝上仰躺著往地面倒去，我發狂似地踩踏他的胸口，踹向他的側腹，不停輪替這兩種攻擊。在食物腐敗的酸臭味中，混雜著一絲線香的氣味。我一察覺到這股味道，就立刻想起那個集會，教祖、媽媽的臉一一在我腦海中浮現，心底湧出強烈的憎恨，我踹向流浪漢的腳使出了十成力氣。

我在腦中替自己辯解。我提出一個明顯對他有利的交易卻遭到拒絕，還差點被他吐了一口痰，所以我才會抓狂地死命踹他。我想要拿這些理由正當化自己的行為。

可是我心底其實很清楚，我只是想要找個理由用暴力宣洩情緒，我只是想在一個沒有任何人監視的地方恣意妄爲一下。

喀嚓，乾枯樹枝折斷似的聲音從皮鞋下傳來，我才終於回過神。

他癱在地上，鮮血從鼻子和嘴巴汩汩流出。
圓睜的雙眼沒有任何焦點。
口中發出尖銳的咻咻聲。
那瓶酒掉落在腳邊。
「呵呵。」
我笑了。撿起那瓶酒，打開瓶蓋，一口氣灌下，感受喉嚨及胃部的燒灼。
好喝。好爽。
就算做這種事，也不會挨靜香罵，眞是棒呆了。
我又朝流浪漢的肚子踢了最後一腳，便離開公園。
空酒瓶被我扔進車站旁便利商店的垃圾桶。

回程的新幹線上，我大口嚼著烤雞肉串跟柿種米果，暢飲啤酒，內心無比滿足，凝視著黑漆漆的車窗，遠處住家的燈光在我眼中都成了冬季華美閃亮的燈飾。
內心是有一絲罪惡感，也有點擔心那個流浪漢不曉得有沒有事。不過，終於獲得解放的舒暢感受還是遠勝過一切。

許久不曾體驗過的自由。

不受任何人監視，也不受任何人束縛的愉悅感。

〈謝謝你告訴我，我好多了。〉

新幹線在名古屋暫停時，我突然想起一切都是山崎的功勞，便傳訊去道謝。

〈那就好，明天見啦。〉

他的回訊立刻傳來。我又想再傳一次訊息去道謝，最終打消了這念頭。若是放任自己憑感覺行事，我可能會一連傳個好幾十封過去，這樣也太惹人嫌了。

我調低椅背，大大吁出一口氣。

我已經開始幻想下次去離線區域的事了。下次要做什麼？剛剛大鬧了一場，也不能每次都這樣。下次就一個人小酌一番好了，這樣也不會惹到旁人，就算有人看到，也只會覺得這裡有個醉漢。鬧區不可能有離線區域，我得事先買好酒。

我沉醉在想像下次的計畫，一邊走下新幹線，轉搭普通車回家。

這樣一來，我也有精神專心工作了。我並非不再感受到束縛，也並非變得能尋常看待這一切，只是我已經獲得了紓壓的方法。

藉此，婚姻生活得以延續下去。

我可以不用被世界遺落地活下去。

「我回來了。」

我打開家門時，心情已經平穩許多，但聲音仍是比平常更高昂、更大聲。沒有回應。靜香已經睡了嗎？日期都換過一天了，這也難怪。我正要脫鞋時，發現了不對勁的地方。

有兩雙我沒見過的鞋子，而且都是男鞋。

這是怎麼回事？我不自覺加快腳步，一口氣奔過走廊，打開通往客廳的門。

「靜香……？」

兩個男人慢條斯理地轉向我，外表強壯如熊的年輕男性跟纖瘦如蛇的中年男子。兩人都皺著眉，緊緊抿著唇。

兩人的對面，靜香坐在桌前，用冰冷的目光瞪著我。

桌上擺著兩個馬克杯。

我完全搞不清楚眼前是什麼狀況，猜不透到底發生了什麼事。

靜香扯動僵硬的臉頰，語調如機器般平板發問：

「你爲什麼要做那種事？」

我瞬間全身虛脫，醉意立刻消散，背脊驀然發寒。我還是遭到監視了嗎？在離線區域做的事被發覺了嗎？我在想什麼，怎麼可能。

那名強壯如熊的男性伸手進夾克內袋摸索，掏出一本警察手冊。他先比對我的姓名，又把手冊收回去。

「大阪府警方聯繫我們，說你涉嫌大約五小時前在曾根的公園對一名男性街友施暴。」

「說涉嫌，也只是好聽點的說法，我們已經幾乎確定了。」

瘦削如蛇的男性舉起平板電腦。

「資料都在我們的伺服器裡。」

「爲、爲什麼……？」

我艱難地問出口。兩人對看了幾秒。

「算了，反正開庭時也要講，應該沒關係。」

那條蛇開口這麼說完，突然伸手指向我說：

「你手上那個戒指，如果收不到訊號過了一段時間之後，就會啓動特殊的感應器，自動檢測半徑兩公尺以內的大氣分子並加以記錄。」

「分子……？」

「概略來說，就是氣味。」

他的手輕輕滑過平板電腦的螢幕，朝我走近。

「配戴戒指的人或周圍其他人的汗水、呼出的空氣或是其他體液。當然除此之外的氣味也一樣。」

「經感應器檢測並記錄下來的資訊……」那頭熊接下去說，「等到訊號恢復後，就會先傳回結緣，與本人資料進行比對。比對完成後，資料就會被轉送到警察署及消防署的伺服器進行解析，大致上能得知佩戴戒指的人在何時做了什麼。氣味中蘊含的資訊量相當龐大，能透露出很多個人資訊。」

我忽然感到反胃，雙腿使不上力，幾乎就要當場跌坐在地上。好不容易踩穩腳步後，我出聲問靜香。

「妳原本就知道嗎？這、這些……」

她沉默地避開我的目光。

「咦？很奇怪喔。」

那條蛇誇張地歪著頭，故意用抑揚頓挫的語調背誦出規範。

「在結緣的使用規範裡，白紙黑字寫得很清楚。第一百七十二條。〈註冊本服務即表示同意在維護國家安全及公共秩序的目的上，將個人資訊提供給警察署及消防署閱覽及予以使用。〉」

我眼前一片漆黑，嘴巴只能發出乾笑聲。

結緣的會員全都受到國家監視。我的個資都透過結緣洩漏給國家了。包含氣味。從刑警和靜香的態度來看，他們似乎都不認爲這件事有什麼大不了，異常的人好像反而是我。

「哈哈、哈……」

我之前還把氣味檢測當成是「專門爲我設計的服務」，眞是有夠天眞，蠢斃了！我盡量避開特定氣味，靠氣味挑選伴侶，這次卻又因爲氣味而被看穿一切，要被送上法庭。

我始終躲不開氣味的噩夢。

那條蛇不知何時已逼近我眼前，用銳利目光壓迫著我。

從他的肩膀上方，我看見靜香臉色發白，嘴唇不住發抖。

「……爲什麼？」

我無言以對。熊和蛇默不作聲地看著我們。

「你說話呀，我們是夫妻吧？有困難時要互、互相扶持……」

她臉上大顆淚珠不停滾落，靜香哇地趴向桌面放聲大哭。

夜鶯飛翔那一天

〇一

我有個大我四歲的哥哥，然而我幾乎沒什麼記憶，只記得曾在媽媽的平板電腦上看過哥哥的照片。他長得跟爸爸、媽媽和我都很像，當時我還心想，我們果然是有血緣關係的兄妹。

哥哥在小學一年級體育課上到一半時突然昏倒，一小時後就過世了。死因是中暑。這種事在現在可能令人難以置信，但當時那個年代就算氣溫超過四十度，到室外活動依然很正常。反倒有許多人認爲讓小朋友忍耐酷熱對他們有所幫助，能夠培養耐力，因而強迫年輕人做這種事。我爸媽的想法也差不多，至少他們那時並不認爲這樣很危險或不應該，直到我哥哥過世爲止。

像您這麼年輕的人聽了應該會感到很不可思議，難以理解過去的觀念。

不過正如您所知，人類很容易隨社會變遷而改變，並且還不會發現自己改變了。人類就是這樣的生物，講好聽些是適應力強，講難聽點就是沒有原則，總是隨波逐流。然而我現在深切體認到，能夠與世浮沉是最幸福的。

反過來說，我飽受折磨的原因，就在於適應力差。我之所以會犯下不可饒恕的罪孽，就是因爲沒辦法隨社會大眾一同改變。

您現在內心是不是正在想，這個人到底在說什麼？

暗自疑惑這個人一講完自己哥哥在將近六十年前過世的事，就立刻談及大眾理論有什麼意義嗎？

這些非常重要。

這些跟我會開始憎恨那個惡魔，以至於最終殺了女兒瑠奈，絕對脫不了干係。

我跟土川結婚時是三十歲，他三十五，契機是現在已經不存在的婚友網站「結緣」。我們並不是註冊會員後在網站上認識的。我當時是個新聞記者，收到一條線報說，有人正藉由「結緣」匯集來的龐大個資，策動國家層級的陰謀後，便著手展開調查。在查訪過程中，我去採訪了某件殺人案的受害者家屬土川。在年少易感的年紀便天涯兩隔的親哥哥，不僅在關西淪落爲街友，還讓喝醉的上班族踹死了——土川在得知這件事後，精神受到巨大衝擊，而我在聆聽、記錄他的陳述的過程中，逐漸對他產生好感。了解他絕對算不上安穩順利的前半生後，我產生了想陪在他身邊的念頭。

關於那項大陰謀，很遺憾當時尚未揭開眞相，一切就落幕了。在情況仍不明朗時，「結緣」就無預警關站，而我跟土川後來自然而然地繼續交往。他是影像製作公司的老闆，忙碌程度不亞於我，不過仍會努力騰出時間約會。我們就這樣順理成章地發展到同居及訂婚，又順理成章地結了婚。

眞不可思議。我以前對戀愛沒有半點興趣，也從來沒考慮過結婚，有一天卻突然愛上了一個人，打從心底盼望與他共度一生，甚至渴望跟深愛的那個人擁有我們共同的孩子。

土川也說了一樣的話。

「其實我原本打算單身一輩子。」

去區公所登記結婚當天的晚上，他在窗邊搧著團扇，低聲說：

「我爸媽太糟糕了，我從來沒見過他們正眼看對方。」

「我們家是一天到晚都在吵架。」

我這麼回應他。爸媽在失去哥哥後便對校方提出告訴，訴訟案耗時費日，令兩人相互怨懟，開始因爲一些小事就破口大罵。我在成長過程中，一直到高中畢業前都常被迫聽爸爸抱怨媽媽，聽媽媽批評爸爸。

「雪江，我現在是沒妳就不行了。」

「我也是，我們一定要兩個人在一塊兒。」

「兩個人以上更好。」

我們相視而笑了一會兒，並肩仰望夜空。

在無邊無際的漆黑之中，無數紅光交錯、劃過天際。

那是葉山公司出產的小型飛行機器人。在月光及路燈的照耀下，許多抱著大大小小包裹的各種機型正在天際翱翔。體型跟雁差不多大、尖銳而細長的亞克；線條圓滑、外型惹人憐愛的莫爾甜；特別魁梧的寇爾寇；成群結隊的日本通運訂製機型艾梅利克。每一台的翅膀骨架前端都有螺旋槳正快速轉動，在暗夜中無聲無息地飛翔。

在現在，這已經是隨處可見的畫面了，不過當時正是低價位運送用小型飛行機器人開始普及的時期。不僅節省人事費用，還能建立起「本公司不會勉強員工在酷暑或深夜工作」的良好形象，運輸公司採用亞克它們的好處，說也說不盡。

我是在結婚五年後懷孕的，當時我們正開始考慮體外受精。我都去到成了熟客的婦產科醫院「吉野診所」，醫師向我祝賀「恭喜！三個月了」那瞬間，我「耶～～」地忘情大叫，在診間裡歡天喜地繞圈跑來跑去。我馬上傳訊息給土川，下一刻他就撥了電話過來。

在電話中，他反覆說「太好了」的聲音都興奮得發抖。

接下來，一直到孕期最後一個月，我都定期去「吉野診所」做產檢。有時候土川會開車送我，不過通常是我一個人搭電車，再走路過去，每次大概要花上兩個小時出頭的時間。當時由於醫療疏失的訴訟增加，醫院數量急遽減少。婦產科，而且還要是值得信賴的婦產科，在大關東地區也只剩寥寥幾家。

去醫院做產檢很辛苦，天氣炎熱時我偶爾還會走到神智恍惚。曾經有一次，我是一直想著那個幾乎沒有印象的哥哥，才好不容易走到診所的。

現在回過頭看，那樣實在太愚蠢了。居然會為了做產檢出門去醫院，根本浪費力氣，反而容易遇上危險。但另一方面，我也不禁這麼想。

當時那樣說不定比較好。

無論科技多麼進步，有些東西或許還是不應該帶進家裡。

您大概會笑我想法太落伍了，不過您應該能明白，這跟我做出的事在邏輯上是吻合的，我的言行舉止有一致性。我也這麼認為。我想，未來也永遠不會改變吧。

我生下瑠奈那天是十一月十七日，晚上七點三十二分。

我深深注視著那個在我懷中哇哇大哭、全身通紅的小小身影，淚水不聽使喚地直往下流。一旁的土川也哭了。

我毫不遲疑地辭去工作，專心待在家中照顧瑠奈。儘管我不分晝夜努力做出成績，也無法獲得賞識，而那些年紀相仿的男記者明明沒寫出什麼了不起的報導，卻能一路平步青雲。或許當時，我對於男尊女卑的報社——不，是這整個社會，早已感到厭倦了。

我打理家庭，土川為工作奮鬥。好幾次我心裡思念著現在很少回家的他，手中抱著怎麼哄都哭不停的瑠奈，內心感到十分無助。有次女兒發燒時，我徹底慌了手腳，最後還是靠鄰居一家幫忙。那些數也數不清的各種難關，直至今日依然能清晰浮現眼前。但當時的生活過得十分充實，也是不可磨滅的事實。

瑠奈第一次站起來，第一次喊「媽媽」的瞬間，都依然深深烙印在我的腦海。開始冒牙，開始自己吃飯，前後情況我都記得一清二楚。這些回憶我可以一連講個三天三夜，不過您應該沒興趣聽。

此刻浮現在我眼前的畫面是，兩歲的瑠奈在哭泣的身影。她在家裡走來走去時，頭撞到門把。她先是愣在原地，表情漸漸扭曲，十秒後開始放聲大哭。

我跑過去抱起她，溫柔地輕聲安慰，摸摸她的頭，不停說「痛痛飛走了」。一會兒後，她的心情慢慢平復，那張沾滿淚珠和鼻涕的小臉綻放出笑容。原因好像是她覺得我的語調很滑稽，於是我就用誇張的音調起伏繼續講，終於逗得她破涕為笑，咯咯笑個沒完。

只要講完「痛痛」後，停頓一下對看彼此，再將手揮向窗外說「飛走了——」，瑠奈就又是一陣捧腹大笑。看到那張燦爛無比的笑臉，我感覺自己幸福到要死掉。

瑠奈三歲生日的隔天。

下午一點多，她躺在起居室正中央睡著了，我輕撫她圓滾滾的小肚子，掃地機器人「蟒蛇」扭動長長的身軀，流暢滑過地板。當年掃地機器人安靜無聲的程度已經逼近現在的水準了。

我的目光一下看向流暢滑行的蟒蛇，一下望向瑠奈天真無邪的睡臉，放在一旁的平板電腦突然震動，液晶螢幕顯示出商品送達的訊息。

〈土川太太　您的商品到了。【醫療機器】【時間指定】【葉山機電工程　醫療護理事業部】〉

我走到陽台上，角落的專門停靠站停著一台亞克，它收起雙翼，五隻機械手臂正牢牢抱著一個差不多雙手圈起來這麼大的白色紙箱。

亞克偵測到我的靠近，便朝這個方向轉過來。褐色身軀、尖嘴巴，正面結構頂端相當於「臉」的部分，有三個綠色眼睛正閃爍不定。

我將平板電腦拿近亞克的臉，按照規定進行操作後，螢幕就顯示出「確認領取」這幾個字樣。

亞克將機械手臂收進身體裡，撐開翅膀，最前端的螺旋槳又無聲轉動起來。過沒多久，它便輕飄飄浮上半空中，留下箱子直直朝藍天飛去。

我回到屋內後，怕吵醒瑠奈，便躡手躡腳走向土川的書房。我將箱子放在地板上，動手拆開。

箱子裡裝著一個白色光滑塑膠製的橢圓形容器，那形狀讓人聯想到一顆巨大無比的蛋。看著那個蛋我不禁讚嘆，做得眞是精巧。至於裡面裝的物品，早在平板電腦顯示到貨通知時，我就已經曉得了。

我雙手分別抓住容器的上下方，朝反方向一扭，它就從正中間裂成兩半。掏出保護用的黃色海綿後，就出現了一台宛如小型咖啡機的機械。是充電座兼藥劑櫃。

裡頭收著一隻鴿子大小的白色小型飛行機器人，我盯著那台沒有開機、彷彿在沉睡般的機體，臉上漸漸漾開笑容。長得眞可愛。

我快速瀏覽傳進平板電腦的使用說明書後，就將小型飛行機器人輕輕抱起，找到扇形尾羽根部上的電源開關長按。

圓形頭部上的兩顆眼睛驀地發出綠色光芒。

我的雙手能感受到小小身軀裡頭正傳來微弱的震動。

我把它放在地板上，它便開始環顧四周。小幅度搖晃頭部的模樣，看起來簡直就像一隻眞正的鳥兒。

「……飛行。」

我戰戰兢兢地按照手冊出聲命令。購買者及家人的資料，早在訂貨時就已經都註冊好了。長相、指紋、聲紋跟其他有的沒的。因此它一定會聽從我的聲音。儘管我很清楚這件事，內心仍是不免有點緊張，同時感到非常不可思議。

它抬起頭看我，圓圓的嘴巴不停一開一闔，用稚嫩的孩童聲音回答：

「遵命，雪江主人。」

聲音跟用字遣詞不太搭調，給人一種奇異的感覺，這時它展開翼狀的兩片骨架，最前端的螺旋槳開始轉動。

它彷彿脫離了重力的束縛一般，輕盈浮上空中，繞著書房緩慢飛行。先是天花板附近，再到書桌下方，床下面，最後是我的頭上。

「那是什麼？」

瑠奈的聲音響起，我回過頭，發現她已經完全清醒，嘴巴張得老大，正目不轉睛地盯著它飛行的身影。

「我說過有東西快寄來了，對吧？」

我故作神祕道，她的小臉乍然亮了起來。

「是小夜嗎？」

「答對了！」

「哇～～」

瑠奈開心歡呼，伸出小手朝它的方向舉高。好一會兒，我和瑠奈就這麼靜靜看著它無聲穿梭於書房各處。

您已經曉得那是什麼了吧？

居家看護用小型飛行機器人「夜鶯」。

擁有鳥類外型的惡魔。

〇二

您聽過佛羅倫斯・南丁格爾的理念嗎?在您面前講這些可能是班門弄斧,不過她追求的理想就是「居家看護」。

生病或受傷時,在自家接受診療比起特意去醫院看病甚或住院,各方面都要省事得多。至少對患者而言方便多了,能大幅減輕身體及精神上的負擔。

小型飛行機器人逐漸普及,醫師及護士日益減少,社會變遷所帶來的結果是,夜鶯的開發。在瑠奈出生那陣子,夜鶯已經滲透進一般家庭,南丁格爾的理念可說是以一種出人意表的形態實現了。許多人很滿意,認爲「現在眞是好時代」。

那之後,又過了將近三十年,世界變成了什麼德性?

自從夜鶯在我家飛翔的那一天起,瑠奈變成了什麼德性?

幾乎靠我一個女人隻手扶養長大的女兒,與我這個媽媽之間產生了多少隔閡?

爲了讓您理解,請讓我從上個月某天發生的事開始講起。

早上十點,我在起居室喝茶。就算那天是假日,但瑠奈竟然睡到這種時間還沒起床,我不禁有點火，當時我正盯著掛在牆壁上的液晶螢幕看網路節目，可是完全看不進去。

剛換新的蟒蛇盤繞在房間角落。

走廊對面瑠奈的房間冒出啪搭啪搭的聲音，下一刻，

「小夜。」

女兒的聲音傳來。

靠近天花板的專用支架上，驀地響起嗶嗡的叫聲。

原本停在充電座上的夜鶯，四隻眼睛都發出綠色的光芒，安靜起飛。無光澤的白色身軀，四片翼狀骨架，摺疊收好的黑腳，是前年才換的最新型。

夜鶯飛過走廊，將臉埋進瑠奈房門上的專用洞口。可以聽到瑠奈語調開心地打招呼「早安，小夜」。

「早安，瑠奈。」

它的聲音聽起來既像男也像女，然而又兩者皆非。您應該曉得，現在的夜鶯的聲音，遣詞用字也跟第一代大爲不同了。在歷經多次進化後，目前的說話方式對大多數人來說都十分平易近人。

儘管我用力摀住耳朵，夜鶯跟瑠奈的對話仍舊鑽進耳裡。

「妳怎麼了？」

「我受傷了，好像是在外面跌倒了。」

「眞糟糕！我立刻來檢查一下。」

夜鶯穿過門上的洞口了。我光是聽細微的聲響及氣息就能曉得這一點。我感到坐立難安。家中寂靜無聲，反而令我不禁揣測起瑠奈房裡的情況，內心紛亂不已。

我下定決心，站起身，直接穿過走廊，打開瑠奈的房門。一股酒臭味迎面撲來。

「我正在檢查，請妳小心點。」

房內十分昏暗，夜鶯的聲音從頭上傳來，它正在天花板的高度盤旋，四個眼睛及肚子下面發出紅色光芒，照耀著大字形躺在床上的瑠奈身上。

瑠奈全身只穿了一條內褲，衣服和胸罩都散落在床上。三十一歲的身體雖然略微鬆弛了，可是她與我不同，手腳脖子都很纖長，皮膚也飽滿有彈性。那張酷似亡夫土川的漂亮臉蛋十分蒼白，黑眼圈異常明顯。

她的雙腿膝蓋黏著血塊，床單上也四處散落著乾涸破裂的血塊碎片。

「……什麼事？」

瑠奈睏倦地問。

「妳、你的膝蓋。」

「沒事，只是有點痛。」

「妳怎麼會搞成這樣？」

「天曉得，大概是喝醉後回來路上跌倒了吧？」

前一晚，她去參加國中同學會，我聯繫過她好幾次都沒回音，令我很擔心，後來就不小心睡著了，瑠奈是在那之後才回到家的。

「妳等一下，我馬上去拿急救箱。」

「不用。」

瑠奈立刻拒絕，聲音雖小語氣卻很堅決。

在天上繞圈圈的夜鶯說了「檢查完畢」後，便輕盈降落在瑠奈的雙膝之間。

「只是擦破皮，骨頭和肌肉都沒有異常。」

瑠奈雙唇依然緊閉。

「但酒喝太多會傷身。」

「我知道，抱歉。」瑠奈輕聲笑了。

「那我來上藥了。」

「麻煩你啦。」

「沒問題。」

夜鷺抬頭望向天花板。

它的胸口開啓，從裡頭伸出好幾隻黑色機械手臂。那些機械手臂動作流暢，尖端正慢慢靠近瑠奈的膝蓋。

那隻小小的機體裡，哪來的空間收納這種東西？每次看到夜鷺上藥，我腦中就會浮現一個妄想畫面……巨大的蜘蛛妖咬破小鳥的身體，一躍而出。逼著鳥皮的惡魔終於露出它的眞面目了。

一隻機械手臂朝傷口噴灑霧狀蒸餾水，瑠奈皺起眉頭。

「很痛嗎？」夜鷺從機械手臂間的縫隙出聲詢問。

「沒事，只有一點點。」

「好，那我可以繼續嗎？」

「拜託你。」

「沒問題。」

夜鶯俐落迅速地將雙腿膝蓋同時清洗乾淨，塗藥水，再貼上透明防護貼。女兒十分放鬆地任憑它處置，整個過程頂多花了一分鐘左右，可是我卻感覺彷彿過了十分鐘甚至二十分鐘之久。每當那些機械手臂觸碰到女兒身體時，我都差點要尖叫，好不容易才勉強克制住自己，

「謝謝。」

瑠奈臉上浮現安穩的微笑，開口道謝。

「不客氣。」夜鶯收回那些機械手臂，「妳的眼睛有點乾，要點眼藥水嗎？」

「乾眼症嗎？麻煩你。」

「沒問題。」

夜鶯輕飄飄地浮上天花板，懸停在空中，敞開的胸口伸出一隻機械手臂朝正下方——瑠奈的臉滑順下降。就在滴管形狀的前端快要碰到她的大眼睛時，我終於忍不住放聲大喊。

「不行！」

我打算揮開機械手臂的那隻手，什麼都沒碰到。夜鶯迅雷不及掩耳地飛到房間角落，停在書架上。

「我正在治療，請妳小心點。」

它側頭盯著我，四隻眼睛閃爍著紅光，並緩緩將機械手臂收回身體裡，關上胸口。每個舉動皆極爲詭譎，賦予人一種不祥的預感，然而我卻沒辦法移開目光。說不定下一刻它就會撲過來，伸出那些邪惡礙眼的機械手臂攻擊我跟瑠奈——儘管我的理智告訴自己，不可能發生這種事，這種妄想依然在我腦中縈繞不去。

瑠奈一臉受不了地起身下床，拉開五斗櫃的抽屜拿出運動服及內衣，抬頭看了眼書架上的夜鶯，神情帶著歉意。

「不好意思喔，小夜。」

「沒關係，妳不用介意。」

我鼓起勇氣，朝她的背影發問。

「爲什麼？」

「什麼事？」

瑠奈連看也不看我，直接反問。

「爲什麼……妳會跟那種東西這麼要好？」

爲什麼一醒來不是找媽媽，而是先叫夜鶯？爲什麼面對夜鶯時都很溫柔，對我卻這麼冷淡？盤繞在心中的所有疑問，盡數凝聚在這一句話裡了。至今爲止，我質問這個問題的次數已經多到都記不清了，但我仍克制不住想要問的衝動。在自己滿意之前會一直緊咬著採訪對象不放，記者時代的這種性格依然殘留在我身上。

「我們並沒有特別要好。」

瑠奈冷淡答道。她的回答跟過去每一次都相同，眞令人悲哀。

「有。妳太相信它了，它只是一台機器。」

「只是一台機器。」

瑠奈重複了我的話，又接著說：

「對，所以才讓人放心，不是嗎？」

接著便走出房間。留我一個人愕然站在昏暗的房間裡。浴室傳來蓮蓬頭噴水的聲音。眼角餘光發現夜鶯正看向我的瞬間，一股寒意竄過全身。它輕微轉動脖子，動作酷似一隻眞正的鳥，這麼說：

「雪江，要檢查一下嗎？」

我匆匆逃出房間。

您一定覺得不可思議，不懂「我到底是在怕什麼怕成這樣」對吧？一定認爲瑠奈對待夜鶯的態度很尋常，沒有任何奇怪之處吧？

確實，這在社會上是很普通。膝蓋擦破皮了，任誰都會請夜鶯幫忙檢查跟治療。再說這種程度的小傷，夜鶯的處置肯定不會出任何差錯。儘管沒辦法提供百分之百的保證，不過那對人類醫師或護士來說也是一樣。

正如瑠奈所說，既然技術相差無幾，那機器更値得信賴。這也是一種看法，而且反倒已是社會大眾的共識了。它們跟人類不同，沒有情感層面的糾結，也不會產生奇怪的念頭，外表更像隻可愛的小鳥，只要開口拜託，每天都可以幫自己做健康檢查，倘若發現嚴重異常，便會立刻通知事先登錄好的醫師，同時還能把過往病歷等個人資訊全部傳給醫院——

夜鶯沒有任何缺陷，一開始的那些小問題——譬如空間定位系統不夠完善，導致猛烈撞上牆壁——這種情況也早就解決了。

即使如此，我從來沒辦法相信夜鶯，甚至感到憎惡、厭恨。因爲那台機器讓女兒瑠奈變得十分奇怪。

就像社會上的許多人。

吃遲來的早餐時，我問瑠奈昨晚同學會的事，令人懷念的名字一個個從她口中冒出來，內心慢慢恢復平靜。

「眞奈美現在是平面設計師，她換跑道了。沙羅是考古學家，在全國飛來飛去。翠還想進修，去讀了研究所。」

瑠奈嘆了一口氣，「聽了覺得自己眞丟人」，表情蒙上悲傷的色彩。

「說什麼傻話，妳很棒。」

我是眞心這麼想。

她任職的西久保建築事務所在國際間風評很好，是一間出色的公司。負責人西久保建築師在當時，就已經設計過超過五十件的國內外教堂設計案了。

不論古今對建築家而言，「設計教堂」都代表了一種地位的象徵，甚而可說是一種目標，這是不爭的事實。前陣子西久保建築師將亞克的動線也納入考量所設計出來的社區，不僅在業界裡，在整個社會上都蔚爲話題。

我還在當記者時就認識西久保建築師了，非常清楚他爲人正直、優秀，在社會上深受信賴。正因如此，我從以前就很希望瑠奈能爲這樣的人工作。而她確實也按照我的希望，進入了西保久的事務所，一直待在裡頭辛勤努力。這樣的瑠奈一直是我的驕傲。

「才怪。」

瑠奈語氣暗沉地垂著頭。她是哪裡不滿意？我絞盡腦汁搜尋所有可能的原因，但完全找不到頭緒。

我難以忍受這股沉默，主動轉換話題。

「妳跟尾島先生後來怎麼樣了？」

尾島先生是亡夫朋友介紹的一位與瑠奈年紀相仿的男性，兩人初次碰面是在今年初，應該已經約會過幾次了才對。

「沒怎樣。」

我望著用寥寥幾個字敷衍的女兒，心裡有了答案，她跟尾島肯定不順利。

「爲什麼？發生了什麼事？」

瑠奈沒有回答，她不再盯著已經空了的盤子，抬起頭。從臉的方向跟視線，我立刻就曉得她正在看什麼。

架上停在充電座充電及補充藥品的夜鶯。她幾乎沒有正眼看我。我腦中閃過這個念頭時，架上傳來奇妙的聲音。

嗶呦囉、嗶呦囉、嗶、嗶。

宛如孩童在唱歌，也像是玩具笛的聲音。

那是夜鶯的啼叫聲。

世界上大多數人想必都認爲這聲音悅耳動聽。假使不曉得機械夜鶯的存在，可能還會誤認爲眞正的鳥鳴。不過聽在我耳裡，只有滿心厭惡。

「……妳在做什麼？」

「咦？」

「妳在跟那東西講話吧？」

我武斷地質問，瑠奈苦笑回「怎麼可能」。她端著盤子起身朝廚房走去，我滿腔的怒火越燒越旺，凝視著她的眼睛。

您已經猜到了吧？瑠奈戴著電子隱形眼鏡裝置，可以透過視線輸入文字、傳訊息或操作應用程式，是去年才開始販售的新產品。她常透過電子隱形眼鏡跟夜鶯交流。

就是爲了不讓我看見，不讓我聽到。

「欸，瑠奈。」

爲了壓過水龍頭嘩啦嘩啦的流水聲，我抬高音量喊她。

「妳要適可而止。妳沒發現這樣很奇怪嗎？妳老是跟那東西——」

「它不是那東西，是小夜。」

瑠奈插嘴，同時繼續洗盤子，

「媽媽，小夜不是也常幫妳忙嗎？上次妳胃潰瘍，還有閃到腰時。」

「那都多久以前的事了。妳第一次跟尾島先生碰面時，印象不是很好嗎？是妳拒絕他的吧？上一個人，上上一個人也都是。」

瑠奈神情厭煩地擦乾盤子上的水分。

「……媽媽會擔心，這樣下去妳會不會永遠都孤單一個人？」

「一個人就好。」

她將盤子收回原位，瞥了我一眼，語氣冰冷地說：

「我現在一個人就好。」

夜鶯像是附和般啼叫出聲。

我不得不承認了。我之前就隱約察覺到了，但這一刻我終於願意接受女兒真的十分異常。

瑠奈很依賴夜鶯，太過依賴了。

她深受夜鶯迷惑，甚至失去了人類理應有的心思。

〇三

您聽過「鳥人」吧？帶著夜鶯出門的那類人。新聞也報導過，那些男女說是爲了預防捲進意外或案件，不過他們在夜鶯機體塗上奇特花樣，用人工羽毛把夜鶯打扮得像隻孔雀一樣，那些畫面怎麼看都令人無法信服，反而看起來像是一秒鐘都不想跟夜鶯分開，內心充滿了不安及強迫念頭。

那些報導多半都從立意良善的角度來詮釋這種舉動，社會大眾的觀感也差不多，可是我從一開始便感到十分不像樣，太過詭異。

大約在半個月前，我領悟到這些人最終將會走向何種結局。

那件事發生在一個瑠奈忘記倒垃圾就去上班的早晨。

我提著兩個垃圾袋丟進公寓一樓的垃圾場，才做了這點事就感到疲憊不堪，我一邊生瑠奈的氣，一邊雙手按著腰，背後忽然傳來「啊」地一聲，我回過頭。

那是圭介，住同棟公寓的吉田先生的獨生子，比瑠奈小三歲，以前他們都一起上學，小學時兩人特別要好。他頭髮蓬亂，下巴爬滿鬍碴，身上毛衣皺巴巴的，卻是在一流企業任職的菁英，因此我才讓瑠奈繼續和他來往，不過倒是很久沒看見他了。

「哎呀，早。」

我主動打招呼，他神情略顯困惑，眼神飄忽不定，咳了幾聲後，才聲音沙啞道：

「早安。」

他一手抓著垃圾袋，當我看清他另一手抱著的東西時，不禁倒抽了一口氣。

圭介手裡抱著夜鶯。

他也成了鳥人。

他丟完垃圾，抬起訝異的眼眸望著我問：

「怎麼了嗎？」

他的聲音嘶啞，又頻頻咳了起來，才一臉歉意地說：

「抱歉，我很久沒開口說話了。」

同時指向自己的眼睛。

電子隱形眼鏡。工作或私生活都靠浮現在眼前的文字交談，平常幾乎沒有開口——我這麼理解眼前的情況，回應：

「……這樣的人越來越多了呢。」

他露出微笑，用力點頭。那張和善的笑容跟他小學時如出一轍，讓我稍微安心了些，可是內心深處的擔憂依然揮之不去。

因爲他手中抱的那隻夜鶯。

身軀側面有條紅紋，是兩代前機型的特徵。而且展開到一半的翅膀骨架，在圭介腹部的位置無力低垂著。

這時我才發現它沒有開機。

「那可以丟在這裡嗎？」

夜鶯裡頭有藥劑，報廢時需要向區公所提出申請，當然不能跟可燃垃圾丟在一塊兒。

「咦？」

他露出聽不懂我說什麼的困惑神情，又立刻恍然大悟地說：

「啊，那個，不是這樣，我不會丟掉紅仔。」

他溫柔地抱住夜鶯。紅仔，我知道吉田家都是這樣叫夜鶯的，但這個詞對我而言毫無意義。

「沒電了？」

「嗯，沒關係，家裡有小白顧著。」

他一副稀鬆平常地回答。

對話根本搭不上。仔細想想，這是我第一次同鳥人講話，內心難免緊張。我切身感受到自己在與價值觀從根本上就不相同的人談話，不過或許是曾經身爲記者的天性發作，我嘗試要更了解他。

「你都知道沒電了卻還是帶它出門嗎？」

「嗯。」

「你剛剛說……小白，是家裡還有另一台？」

「沒錯，最新型的。」

圭介點點頭，憐愛地輕撫不再動彈的夜鶯。

「爲什麼？」

「什麼事？」

他反問時臉上仍舊掛著笑容。他的反應與瑠奈一模一樣。彷彿有一隻冰涼的手撫過我的背脊，我忍不住開始顫抖。

「爲什麼要帶著那個……不會動，又用不到的東西走來走去？」

我好不容易才問出整個問題。「這個呀」，他露出苦笑。

「有它陪在身邊我就很安心。」

這次用指尖輕輕戳了它的頭。那四隻眼睛自然是黯淡無光，嘴巴也不會張開。

我徹頭徹尾懂了，下一刻，恐懼襲向內心。

連圭介也變了，變成了重度的，不──末期的鳥人，我因這項事實而戰慄不已。他寶貝似地帶著那個早已沒電的鳥形破銅爛鐵走來走去，這件事讓我覺得很恐怖。一切跟原本的看護功能早已沒了半點關係，圭介對夜鶯產生執念，變得沒辦法與它分開。

後來他爲難地看著我，說了一些話。像是「瑠奈最近眞的──」、「在工作或私生活上都──」、「這很難以啓齒，該說是壓迫還是束縛──」不過只有一些零星片段飄進我耳裡，我完全聽不懂他到底想講什麼。

等我回過神來，人已經跪在家裡走廊，大口喘著氣，完全想不起來自己是怎麼回應圭介，怎麼跟他道別的。等呼吸平緩之後，我走進寢室抓起平板電腦，傳訊息給瑠奈。

〈妳是不是知道圭介是鳥人？〉

中午過後我才收到回訊。

〈是。〉

冷冷清清的一個字，令我頓時火冒三丈。我這麼擔心她，怕她受到不良影響，她大小姐本人卻絲毫不放在心上。我用顫抖的手指點了點液晶螢幕。

〈不要再跟他來往。〉

〈是。〉

這次回訊馬上就來了。

總之，解決一個問題了。瑠奈果然是個聽話的好孩子，是我的孩子。我正要放下心來，又旋即提醒自己不能掉以輕心，走進她的房間。

瑠奈不僅很晚到家，還一回來就直接朝房間走去，過了一會兒才出來。

「我回來了。」

「歡迎回來。」

「妳今天好嗎？」

「普通。」

「西久保建築師應該派了很多工作給妳們吧？」

「嗯。」

「啊，對了，照片，我都刪掉了。」

「什麼照片？」

這一刻，瑠奈才終於抬起頭來，直視我的眼睛。我將喝到一半的茶杯放到桌上。

「圭介的照片，妳的相片庫裡面的。」

相片庫就放在她房裡的凸出窗台上，裡頭保存了好幾千張她跟朋友拍的照片，我從裡頭找出所有拍到圭介的相片，全部刪除。連同小學時的相片，總共快要兩百張，一張一張刪掉是很麻煩，但又不能留下。

「我幫妳刪好了。」

「幫我？」

「對呀。反正我有的是時間，妳這麼忙，肯定會拖拖拉拉。」

瑠奈的眼睛閃出凌厲的鋒芒，那眼神看起來既不像開心也不似感謝，反倒彷彿摻著恨意。

我困惑地回望她。我還以爲她肯定會向我道謝。面對出乎預期的反應，我腦中一片混亂。

「妳怎麼了……？」

我問道。瑠奈深深吸了一口氣，再長長吐出來，放鬆全身的力氣之後，她緩緩抬頭看向架子。

夜鶯動了，四肢眼睛發出黃色的光芒，這個顏色表示藥劑量不足，我早上就發現了，可是那時我已經變得只要觸碰夜鶯就感到痛苦難耐。

瑠奈環顧起居室，在角落發現一個紙箱，是幾天前寄來的藥劑組。

「小夜，來補充一下吧。」

她語調柔和地呼喚。

「瑠奈，謝謝妳。」

夜鶯叫了一聲，飛離支架輕盈地停在瑠奈肩上。

她伸長背脊抓到充電座，再抱起紙箱，走出起居室。過了一會兒，她房裡傳來夜鶯的聲音。

「瑠奈，不要放在心上。」

「還好嗎？」

「妳眼睛有點充血，來點眼藥水？」

中間也參雜著女兒的聲音，可是語調十分模糊聽不清楚，難以理解對話的含意。儘管如此，厭惡的情緒又湧上心頭，我旋即陷入新的苦惱。

夜鶯親暱又貼心地向瑠奈說話。
瑠奈不自覺依賴起這樣的夜鶯。
趕走一個鳥人並不會立即改善這種情況。我究竟該怎麼做才好呢？我苦苦思索。

○四

您請我談談殺了瑠奈當時的事嗎？
我當然很清楚那才是我們的主題，不過我現在講的絕非沒意義的內容。我比任何人都還要深愛瑠奈，曾經是一個模範媽媽。爲了讓您理解這一點，之前說的那些事都是必要的。
那是發生在昨天下午的事。
我待在和室的佛壇前，手裡握著土川的遺照，緬懷往日與他共度的時光，回想起他因交通意外過世的事。當時瑠奈已經是國中生，她十分堅強，忍住淚水安慰痛哭失聲的我。
過往畫面一一浮現腦海，我想起好多跟女兒之間的回憶。高中時她沒有加入社團，代替去打工賺錢的我把家事全做得井井有條。儘管曾一時迷惘而跟素行不良的同學走太近，後來也坦率接受我的勸導，與她們斷絕往來，找到另外一群身心健全的好朋友。

她考上第一志願大學時，我們一起在家慶祝。我買回來的蛋糕，瑠奈吃得津津有味，塞了滿滿一嘴都是。我閃到腰不能去打工那陣子，她代替我不分平假日地努力打工，將錢拿回來貼補家用，現在的生活費也全由瑠奈支付。

瑠奈原本是如此體貼又為我著想，她現在也應該還愛著我才對。

一想到這裡，我就坐立難安。

我拿起家用梯往起居室走去，抬頭看向架子。在架子與天花板之間，夜鶯一如既往地停在充電座上。

我爬上小梯子，將手伸向夜鶯。我下意識屏住呼吸，靜悄悄地挪動。夜鶯正在休眠狀態，照理說不會發現。即使我知道這點，仍是沒辦法不緊張。

我要毀了夜鶯。把它用力摔到地板上，砸到牆上，總之就是讓它無法再動彈分毫。

這麼一來，瑠奈就會清醒了。

儘管這是正確的事，也依然是一種暴力，更何況我還必須碰觸到那個不吉利的東西。只要一想像自己即將要做的事，心臟就不禁怦怦直跳。

正當我的指尖要碰到它的那一瞬間，夜鶯霍然發出嗶嗡的聲響。

四隻眼睛亮起紅光。

「很危險，請妳小心點。」

我嚇了一大跳，差點失去平衡，最後總算是勉強站穩腳步。我手按胸口，用掌心感受自己劇烈的心跳，眼睛一直盯著夜鶯的圓臉不放。

「……你一直醒著？」

我脫口問出。

夜鶯搖晃著腦袋。

「對呀。因爲我擔心雪江。」

「咦……？」

「雪江，妳已經六十六歲了。從去年的健康檢查結果來看，雙腿跟腰部都衰退了不少。妳一個人在家時萬一跌倒就糟糕了，所以我連充電時也會留意著。」

「你可以做到這種事？」

「可以。」

夜鶯靜止不動。

「看護雖然是我的工作，但用不到看護才是最好的。」

行事如此縝密的機能怎麼可能藏於這麼小的一台機械中？

「如果妳不放心，要不要我報一下設定及更新日期？」

「不……不用，不用了。」

我勉強應聲。它竟然從表情解讀我的內心。什麼時候開始連這種功能都有了，居然進化到這種程度。我依然抬頭望著夜鶯，身體忍不住開始顫抖。

「妳臉色很不好，要不要檢查一下？」

紅眼睛整齊劃一地閃爍起來，這幅畫面太過詭異，我沉默下來，

「雪江，要不要檢查一下？」

「不用。」

我搖搖頭，身體晃了晃，立刻下意識抓住架子，架子發出傾軋聲。

「很危險，請妳小心點。」

「……」

「要不要檢查一下？」

「唔……」

「雪江？」

「吵死了！」

我發出怒吼，恐懼化為憤怒瞬間支配了我的身體。我深深憎恨讓女兒偏離正軌的夜鶯。我想毀了眼前這台親暱呼喚我的機器。

我現在後悔了，當時實在缺乏冷靜。

我想抓住它是個錯誤。

我朝夜鶯伸出雙手，腳下的小梯子劇烈晃動起來，接著便大幅度傾斜。

啊！當我大叫時，已經整個人後背撞到地板上了。我渾身劇痛難耐，幾乎沒辦法呼吸，也沒辦法發出聲音，眼睛滲出淚水模糊了視線，矇矓中看到架子上的夜鶯張開翼狀骨架。

「糟糕！我立刻檢查。」

飛離架子的夜鶯在天花板的高度開始盤旋，紅光照耀我的身體。

不要，你滾開。

我想這麼說，口中卻只傳出呻吟。我想遮住光線，卻連手也動不了，只能任憑夜鶯處置。

「太好了，沒有骨折。」

夜鶯在稍遠處降落，摺疊翼狀骨架收回身體。

「沒事吧？妳哪裡痛？」

我沒辦法回答。沒有任何事物比自己的身體更重要，這時應該要坦率回應它才對。我很清楚這一點，不過我實在痛到連講話都有困難。

「妳哪裡痛？」

我盡可能地調勻呼吸，正打算開口時，夜鶯的臉朝向天花板。

「我來觸診，妳放鬆身體。」

它的胸口打開，那些黑色機械手臂一躍而出，襲罩住我的全部視野。

「雪江，妳別動。」

無數隻機械手臂宛如有生命般蠢蠢欲動，朝我一點一滴逼近。果然還是太詭譎了。我絲毫沒辦法認爲這些東西是要來幫我，來救我的。令瑠奈走火入魔的惡魔，終於打算對我出手了——

一隻機械手臂碰到腰際的瞬間，我無法克制地驚聲尖叫。

「喂。」

背後有人叫我，我抬起頭。

我癱坐在起居室的正中央，一轉頭，映入眼簾的是瑠奈驚愕的神情，她低頭盯著我，包包掉落在腳邊。

「妳做了什麼？」

瑠奈的聲音很輕。我無法理解這個問題的含意，兀自困惑時，眼角餘光瞥到一旁有東西在抖動。

那是夜鶯的機械手臂。折彎的黑色手臂前端，從壓扁的身軀垂下，正無力晃盪著，而地板上，機械手臂的碎片散落四處。

夜鶯全身破裂倒在房間一角，裡頭的東西全掉出來了。黯淡的眼睛，張得開開的嘴，兩隻腳都從根部被扯斷。

地毯到處是一塊塊污痕，背部劇痛及腰際的麻痺感已消失得無影無蹤。這時我才終於發現，自己手裡還緊緊握著夜鶯的尾羽。

「啊……這是……」

我趕緊鬆開手，尾羽掉落地面。

「因為它要攻擊我，我拚命保護自己。我是正當防衛。那東西果然是惡魔，它竟然想殺了主人。」

瑠奈沒有回話，日光燈映照下的那張臉蒼白得令人發寒。她面無表情，簡直像個死人一樣。

「瑠、瑠奈，妳也清醒了吧？妳現在也明白自己之前有多奇怪了吧？對吧？」

紫色的嘴唇緩緩張開，

「爲什麼？」

瑠奈用尖啞的聲音，拋出這個問題。

「爲什麼——妳連小夜都要奪走？」

「咦？」

「只要我自己選的東西妳就討厭嗎？連一台機器妳也看不慣嗎？不全部奪走妳就不甘心嗎？」

那雙大眼睛漸漸濕了，一行淚順著臉頰滑落，瑠奈憤恨地瞪著我，臉上神情分不清是在哭還在笑。

「瑠奈。」

我覺得無比困惑，只能先喊她。我完全聽不懂她在說什麼，也不明白她突然流淚的原因。她還沒有清醒嗎？那顆遭到夜鶯迷惑的心，沒有立刻獲得解放嗎？

我還在盤算究竟該說什麼時，瑠奈咬牙切齒，恨恨地吐出這些話。

「媽，妳總是這樣。」

「高中時說我的朋友家裡沒錢或爸媽工作怎麼樣，就不准我跟她們玩，還命令我跟誰誰誰做朋友。如果我說不要，妳就一哭二鬧三上吊。社團大學工作甚至交往對象，全都擅自幫我做決定。我自己喜歡上的人，妳就去調查人家的家世背景，全、全部……」

她擦著掉個不停的淚珠。

「就連圭介妳都要奪走，我……我已經只剩下小夜了。」

她步履不穩地走近夜鶯，彷彿整個人虛脫一般驟然蹲下，抱起破碎的機體。小夜、小夜地喚個不停，還用臉頰去磨蹭它。

眼見女兒脫離常軌的言行，我震驚地一句話也說不出來。夜鶯都毀了，女兒還是沒有恢復正常，那身影令我渾身發寒。

夜鶯——科技發展能改變人類到這種地步嗎？會製造出拒絕自己媽媽，卻對著損壞機器流淚的人類嗎？

無論我多用心培育她也只是枉然。瑠奈的頭腦與內心被洗腦了將近三十年，不是光靠破壞夜鶯就能痊癒的。

冷靜思考之後，我才終於發現到一件理所當然的事。光憑我一個人的母愛，怎麼可能抵擋社會潮流與世界變遷的巨浪。

「早、早點離開這種家就好了，早點離開妳就好了，要是當初沒有想說爸爸過世妳一定很寂寞，妳只剩下我一個人了好可憐，沒有同情……」

瑠奈又在嘟噥些我聽不懂的話。

「……瑠、奈。」

厭惡的聲音響起。

瑠奈懷中的夜鶯，四隻眼睛中的兩隻亮起紅光，身體發出惹人心煩的喀哩喀哩聲。

「妳體溫……高，要……檢查……一下？」

夜鶯斷斷續續地說話，女兒哭著緊緊抱住它。

「充血，點……藥水。」

夜鶯勉強轉動頭部，跟瑠奈四目交接，忽而就不再動了，眼裡的光芒也倏忽黯淡，身體裡的聲響也停了。

「小夜……」

瑠奈縮著身子啜泣，她懷中碎裂的胸口冒出火花，但她依然沒有放開夜鶯。

我恍惚地盯著這幅畫面，房間角落的蟒蛇身體如波浪般扭動，似乎對眼前情況感到迷惑。

究竟過了多久呢？等我回過神，瑠奈已經把夜鶯放在了地板上。

「……啊。」

她嘴裡不曉得在嘟噥些什麼？我腦中閃過這句話時，她就用力推倒我，撲到我身上。在我開口大叫前，她的拳頭就已經往我的臉招呼了。

劇烈疼痛貫穿我的臉部，光憑感覺我就曉得鼻梁斷了。

「死老太婆！」

瑠奈一邊哭喊一邊痛毆我。她的話令我不敢置信，一時間措手不及只是呆呆地任憑她打。牙齒斷了，眼睛腫了，我也都沒有抵抗。

漸漸地，一股怒氣襲上心頭，我使出全身的力量把她撞到一旁。

她的頭部重重撞上牆，「唔」地哀號一聲，用手抱著頭蜷縮起身子，咕唔唔，發出奇異的呻吟聲。可能是撞到致命的地方了，沒過多久她便開始全身痙攣。

「糟、糟了。」

我抓住她的肩膀，不曉得該怎麼辦才好。正當我著急到頂點時，第一個躍進腦海的念頭，居然是拜託夜鶯幫她急救。

散落地板各處的機械手臂及翼狀骨架，化為一塊塊污痕的藥劑。動也不動的夜鶯，旁邊是全身不住顫抖的瑠奈。

等我想起該撥打一一九時，她早已嚥下了最後一口氣。

這就是我殺害瑠奈的經過。

警方告訴我，這是過失致死，而非謀殺。但我依然認為她就是我親手殺的。

如果我沒毀了夜鶯，瑠奈或許就能獲得適切的急救。更甚而，根本就不會發生她緊揪住我，被我撞飛這種事了。我連一丁點想要殺她的念頭都沒有，反而是打從心底深深愛著她。結果，她卻死在我的手裡。我已經有心理準備，自己必須一生背負這個罪孽。不過，請您聽我講一件事。

其實我有一點點，鬆了一口氣。我現在內心十分平靜。

我終於可以不用再看到瑠奈偏離正軌的模樣了。

我終於成功拯救了與我截然不同的瑠奈。

將那孩子從夜鶯那個惡魔的詛咒中解放出來，我這樣講聽起來很誇張，對吧？

咦？

不好意思，您剛剛說了什麼？

我束縛住我女兒，控制並支配她的人生？您是這樣說的嗎？

您是說萬惡的根源並非在於夜鶯，原因可能出在我壓迫她、束縛她嗎？

……眞抱歉，您這話也太突兀了，反而令人覺得很可笑。我都不曉得有多少年沒這樣放聲大笑了。

精神科醫師的想像力眞是豐富呢。

今夜太空船降臨的山丘上

〇一

看似輕浮的男主播開口播報新聞。

「接下來是關東地區的新聞。昨天晚上九點，在東京練馬區壽町及附近一帶，相繼出現目擊者表示看到發出紅光的奇妙物體在空中盤旋。」

畫面照出住宅區一角。朝陽灑落的馬路上，疲憊的現場女記者手裡握著麥克風。

「這裡是練馬區壽町的住宅區，根據目擊者的描述，發光物體從這座兒童公園的高空悄然無聲地降落。」

現場記者一邊說一邊在公園內走動。

「接著到這裡，在立體方格鐵架四周繞來繞去，最後朝那個方向飛去。當時，高壓配電箱外層安全防護用的鐵絲網被……各位請看一下，誠如大家所見，這裡破了一個手球大小的洞。」

螢幕上出現一名禿頭中年男子，是預錄畫面，畫面下方顯示出「您看到了什麼東西？」的特效字幕。

「用一句話來說，就是會發光的圓球吧？大概這麼大（用拇指與食指圈出一個圓），發出像是汽車尾燈一樣的紅光，沒有閃爍。」

畫面切換至兩位年輕女性。

「紅色球體就像這樣咻地飛過胸前，然後在那個角落轉彎。」

「不過妳們沒有聽到聲音，對吧？」

「沒錯，所以當時我們就一直說『剛剛那個是什麼？』、『好奇怪』之類的。」

「我們還討論了一下。」

這次是一名貌似小學生的女孩，缺了門牙。

「嗯，有一點，像螢火蟲。好漂亮。」

畫面切回現場直播，現場女記者在廣大的停車場裡走著。

「壽町住宅區各處都有人目擊到那道光，統整所有目擊者的描述後，我們得知最後它是在這棟公寓大廈的停車場，無聲地朝正上方升空，逐漸消失蹤跡。」

一張世界地圖占滿了整個螢幕。

「不光是日本，全球各地都有人目擊到這道紅光，譬如去年一月在夏威夷可愛島，今年二月在台灣九份。」

畫面又切換至劇烈搖晃的影像，夜裡的遼闊大海。

「同一個月份，在白令海也拍到相關影像，那個不知名物體在海面灑下紅光，如滑行般移動。」

禿頭中年男子再次出現。特效字幕寫著，「你看到的物體與這個影像相比如何？」

「嗯，很像。」

又輪到兩位女性。

「啊——就是這個吧？」

「眞的，有夠像！」

接著是那個缺了門牙的小女孩。

「應該是同一個東西。」

再切換到架在高處的攝影機所拍攝的住宅區畫面，毫無疑問是練馬區壽町。主播播報內容，大意則用特效字幕顯示。

「石川縣羽咋市未知飛行物體研究院（UMMO）的雲母弓人院長針對此一現象發表了以下言論，『極有可能是從宇宙另一頭飛來地球的高智能生物的交通工具，或者是無人探查機』。而東西大學氣象學的漆原典明副教授則認爲，『既然各地都有人目擊到相同的物體，將它當作某種自然現象或物理現象可能更為妥當』。」

唔唔喔喔啊啊啊啊……

隔壁房間傳來痛苦的呻吟聲。我點了一下螢幕，關掉晨間新聞節目，再將平板放到桌上。

站起身，喀啦喀啦地拉開門後，父親就叫了起來。他弓著身子躺在和室角落的床上，正胡亂甩動耳朵四周過長的白髮。張開的嘴巴裡頭是一片漆黑，盯著那裡頭瞧，就會感到自己彷彿要被拖進那片黑暗之中，遭深不見底的洞穴無情吞噬一般。

我慌忙從他漆黑的嘴裡收回視線，小心翼翼地抓住他的肩膀搖晃，並出聲喚他。

「爸、爸。」

「啊啊啊！」

「什麼事都沒有喔，沒事了。」

「啊啊啊啊！啊啊啊啊！」

「只是一場夢，你冷靜點。」

老爸抓住我的手臂想要撥開，他消瘦了許多，力氣卻依然與我不分軒輊。老爸在讀書時一直都是柔道社社員，出社會後到生病倒下之前，也持續保持良好的運動習慣。如果現在他要找我比腕力，搞不好我還會輸他。

雙臂肌肉一陣刺痛，我大喊「好痛」的同時，才發現老爸的指甲陷進了我的肉裡。我趕緊鬆開他的肩膀，下意識往後退，後腰直接撞上摺疊收在角落的輪椅。

老爸開始拍打自己的身體，我剛出聲制止他，他就胡亂揮動雙臂，又狠狠打中我的左側腹。

一陣奇特的聲音響起後，鼓脹的袋子——便袋的一角，從睡衣下襬露出來，一股異臭撲鼻而來。老爸霎時停下發狂的舉動，整個人安靜下來，那張虛脫的臉龐慢慢回復平時的神情。

「……伸一，發生什麼事了？」

看著一臉困惑抬頭望著我的老爸，我這麼答：

「沒事。你等一下，我去拿毛巾來。」

睡衣下想必已經沾到漏出來的大便了，不過床單上沒有出現污痕，看起來今天的情況並沒有太慘烈。比起上個月抓住我亂揮的那次，要收拾的殘局少很多。

我先用沾濕毛巾擦拭老爸的身體，把便袋倒空清洗乾淨，裝回人工肛門，再幫他換一套乾爽的衣服。老爸陷入深深的自我厭惡當中，我在清理過程中還必須不停好聲好氣地鼓勵他。待會兒，要吃昨天買的半價麵包當早餐，再來是——

我一面仔細思索接下來該做的各項事務，一面走回廚房。

五年前，老爸在七十歲生日過後不久就因心肌梗塞倒下。出院後，他經常會失去理智，突然出現令人費解的言行舉止，而且事前沒有任何預兆。也搞不清楚自己身在何處，今天是何年何月，甚至將身邊親友包含我都忘得一乾二淨。

一直笑個不停。

一直像個孩子般哭泣。

時而憤怒發狂，時而屎尿齊流，或者漫無目的地四處亂走。

短時會持續幾分鐘，長時還可能長達數天。

聽說這叫作譫妄。聽說醫生解釋這與失智症不同，目前還找不出原因。全都是聽說，因爲這些都是老媽轉告我的。老媽當時就彷彿一直在等我回家一樣，感冒拖了許久都沒好，最後忽然就過世了。她躺在醫院病床上再三叮囑——你爸就拜託你了，畢竟你是長男，我們也只有你一個小孩。

於是，我在四十一歲那年春天，開始跟老爸兩個人一起生活。

我內心並非沒有抗拒，不，反倒可說是非常抗拒。當初我還沒找到工作就大學畢業了，成天晃來晃去，老爸看不順眼氣得破口大罵，我們便爭吵起來。最後我差不多等同於是被趕出了家門。儘管偶爾八月中元節或過年我回來時，也總是只跟老媽交談，跟老爸連眼神都幾乎沒對上過。如果老媽打電話來的一個月前，工作順利換了新約，如果當時能繼續工作，我應該百分之兩百不想回這個家裡生活。就算老媽哭著求我，或許我也會堅決說不。

可是，當時我只能選擇在這裡生活。

一面假裝尋找著根本不可能會有的工作，一面照顧時不時會抓狂的老爸。除此之外，我沒有任何賴以生存的方式。

「抱歉，伸一。」

老媽喪禮結束的那天傍晚，在一個小時左右的沉默之後，老爸突如其來地說了這句話。

「以後要給你添麻煩了，抱歉。」

「就……彼此彼此。」

我與他對看了一眼，用詞模糊地回答。

後來的一個小時，我們聊了些老媽的事。老爸的態度淡淡的，我則是訥訥的，就像在彼此試探似地隨意聊著。固然有幾分尷尬，卻似乎也拉近了那麼一點點距離。我內心還萌生了一個不科學的念頭，這搞不好是老媽冥冥之中在引導我們。

當時眞抱歉——

就在我在談天中尋找適合這麼道歉的時機時，老爸驟然陷入沉默。

「怎麼了？」

我出聲問，老爸神情略微恍惚地看向窗外，反問我：

「我想請教一件不相干的事，請問要給狐狸香蕉的是八王子嗎？」

他半開的嘴巴淌下一行口水，我聞到糞便的臭味，才發現老爸失禁了。

一起住後才過了兩個月，我的忍耐就已經到達極限。在萬般猶豫之下，我做了必要措施，才勉強撐到現在。

〇二

老爸跟老媽的儲蓄很快就花完了，我自己過去一點一滴攢下來的存款也快要見底，從下下個月起，我們就必須光靠老爸的年金度日。兩個人每月七萬圓。年金制度也快要崩潰了，如果這棟屋子不是自己家的，那我們現在會變成怎麼樣呢？每次想到這個問題，我就不禁冒冷汗。儘管這間只有十二坪的狹小屋子在老舊公寓的一樓，屋內連天氣晴朗的大白天都十分昏暗。

當然，也不是這樣就可以高枕無憂了，我們連一丁點餘裕都沒有。不管我再怎麼努力節省，左支右絀的生活已經近在眼前，甚而已經開始動用存款的現在也是十分拮据。

傍晚五點過後，我走出家門，騎腳踏車去隔壁鎮上的「生活超市」。那裡的價格雖然跟這附近的店家差不多，但可以用現金支付。

老媽的腳踏車生鏽得很嚴重，鍊條也鬆了，踩踏板時總會發出喀擦喀擦的聲音。儘管情況一向如此，但我聽了就心煩，要保持正面思考，「把出遠門當成運動」，實在太難了。

我騎了五分鐘之後，在接到大馬路的地方遇上了紅燈。我拿起平板電腦，用專門的應用程式確認老爸的情況。透過裝在家裡的感應器，大致就能掌握老爸現在人在哪裡。聽說如果是最新型的感應器及應用程式，還能具體了解他正在做什麼，健康情形如何，不過我沒有餘力買齊這些設備。

老爸一直在床上。我沒有方法可以判斷他的譫妄有沒有發作，也擔心有什麼意外狀況讓他的便袋又鬆脫了。只要一想到骯髒的床、地板和老爸的身體，我一顆心就直往下沉，內心的不安益發強烈。要是我有收入，要是我有存款，就能買感應器了，也能買一輛新腳踏車。不，更重要的是，我就能把老爸丟進安養院了。

我被浮現腦海的話語嚇到了，雙腳停在踏板上無法動彈，胃部彷彿都浮上來了。

雖然我跟爸爸在情感上很疏離，但我並不討厭他。當年離家之前，生活各方面都受他庇蔭，現在經濟層面也還是仰賴著他，更何況他還同意接受那種措施，我自然該要感謝他，實際上我也很感謝。我並沒有不感謝他。儘管如此，我卻……

這一切都是沒錢沒工作害的。只要我有收入，只要我有存款，就能買感應器也能買新腳踏車，不對，更重要的是——

我驚覺自己的思緒在同一個地方打轉，便抬起頭來，才發現信號早就轉綠燈了，趕緊踩下踏板。二月的冰凍寒風呼嘯過我的臉頰。

「生活超市」人還不少，都跟我爲了相同目的而來——平日的第一場半價特賣。關門一個小時前的最終特賣，放眼望去只會剩下重口味又不健康的熟食，因此我基本上都把目標鎖定在第一場特賣。我一面確認平板電腦中記事本的內容，一面繞著店裡四處查看，冷不防有人從背後拍我的肩。

一位西裝打扮、戴眼鏡的圓臉中年男性衝著我笑，他的髮際線相當高，額頭在日光燈的照耀下顯得又油又亮。

「你是津久井伸一……對吧？」

男性的語氣謹慎又帶著幾分肯定，叫出我的名字。

「我是。」

我應聲的語調十分生硬。我不曉得他是誰，不可能是以前的同事，而我從出社會後就沒有再結識任何一個足以稱爲朋友的人。這樣說來，最有可能的是學生時代的同學了。

我推論到這時，眼前那張圓臉忽然與某段記憶接通了。我能感受到自己的眼睛與嘴巴正逐漸擴張，臉上肌肉劇烈收縮。同時我大腦中的某個角落在暗自反省，平常臉部肌肉太缺乏運動了，

「石嶺？石嶺泰明？」

我發問。那是跟我同年進大學的朋友名字。

那男人笑瞇瞇地用力點頭。畢業後我們已經二十年，不，二十三年沒見了。當年我們就讀科系不同社團也不一樣，但很常修同一門課，自然而然就認識了，後來我主動找他搭話，兩人便熟絡起來。

「伸一，你瘦了。」

「那個，石嶺，你是……」

「胖了。」

他一說完，便抬手拍了下自己額頭，襯衫繃到都快裂開了，正值二月寒冬衣領卻汗濕了。掃一眼便知他從頭到腳全是高級貨，我想到自己身上滿是毛球的運動服，不禁自慚形穢。

我們移到蔬菜區的角落，竹筍和蕨類水煮包的陳列櫃旁邊。

「原來你住這附近，我完全不曉得。」

石嶺爽朗地說。

「石嶺，你也住這一帶嗎？」

我用問題避開了他的疑問。

「嗯，走路大概十五分鐘左右，在西壽町三丁目的——」

那個住址位在高級住宅區。即使沒到田園調布或成城的等級，住在那一區的人還是相當寬裕。

「你眞厲害。」

「沒這回事，我一個人的薪水也不夠。你看那邊。」

他伸手比了比入口方向，一位氣質端莊的女店員正將切成四分之一大小的南瓜上架。那張臉我常看到，因爲她長得很漂亮，我有印象。

「我太太也得工作，生活才過得去。」

「那位店員？」

「嗯。」

「哦，人家居然看得上你。」

我不自覺語帶嘲諷。

「就是說呀，我自己也覺得。」

哈哈哈，他笑著帶過。

「所以我更想靠自己的力量撐起家裡的經濟，養活太太、兒子跟我媽三個人，但現實果然很嚴苛。說起來實在有點丟人。」

我從他的表情或語氣，都能清楚得知他並沒有惡意。我強自按捺住湧現內心的那份對舊友的敵意及自我厭惡，努力說服自己我們只是居住的世界不同，就只是後來機運不同了而已。

「伸一，你現在在做什麼？」

「啊，這個。」

我張口結舌，目光掃過他的購物籃，裡面裝了一盒綜合生魚片和紙盒包裝的燒酒。前者上頭並沒有貼折價標籤，後者則是出名地價格偏高。

「在家工作？」

「那個……」

他應該不是要諷刺我，可是聽在我耳裡就像是諷刺。他的公事包上那個搖來晃去、已褪色的手工製人形布偶，肯定是兒子送的禮物。因爲幼稚園或小學出的作業而做的。就爲了炫耀給我這種人看。

「那個，怎麼了？」

他盯著我。我張開嘴巴，卻一句話也答不上來，腦中一片空白，連一個字也想不出來。眼前畫面逐漸歪斜，周遭喧嘩開始變得朦朧、逐漸遠去。

「伸一？」

發生了什麼事？現在是怎麼了？這是哪裡？我忽然不曉得自己身在何處，又旋即想起這裡是「生活超市」，然而下一秒卻又搞不清楚了。麻痺般的感受席捲了我的大腦。

這個，這個就是……

「唔唔。」

我想說明，但溢出口中的只有呻吟聲。我聽不到聲音，眼前畫面傾頹，接著是一陣反胃。

喂，你沒事吧！你振作點！

……宛如連續劇的台詞從遠方傳來，等我意識到那是石嶺的聲音時，我已經倒在超市地板上了。

「簡單來說就是太久沒跟人講話，一時社交壓力過大嗎？」

「除了我爸以外。」

我補上一句，靠向椅背。身旁的石嶺擔憂地望著我。我們並肩坐在「生活超市」外頭公園的長椅上，我接過石嶺遞來的瓶裝水，仰頭大口灌下，才接著多講了幾句。

「不知不覺就這樣過了三年……不對，四年吧，我可能已經那麼久沒跟別人講話了，找工作基本上也都靠這個。」

我舉起平板電腦，石嶺應了聲「這樣啊」，神情複雜地望向遠方。一群幼稚園年紀的小朋友在空無一物的公園裡跑來跑去，他們全身包裹在完全抗菌防護裝裡，看起來就像一顆顆中空的手鞠球。沒看到他們的父母，應該是在「生活超市」裡買東西。萬一發生意外，像是超過一定程度的衝擊，沒有註冊的陌生人靠近，或是天氣變化，防護裝就會發出警報，立刻傳訊息到平板電腦。

環繞在公園四周的高壓電圍籬一角，幾個身穿工作服的男性聚集在一塊兒。

石嶺開口：

「那個，伸一，如果你不嫌棄，我來問一下人事部好不好？不光是我們公司，也可以請他們找一下整個集團目前有沒有空缺。」

我思索片刻，回「可以麻煩你嗎？」昏倒後是他把我搬到這裡，照顧我，還聽我傾訴這些年來的遭遇，我對石嶺的敵意已經消失得無影無蹤。改變的只有外表，他的內在一點都沒變，仍是當年那個溫和敦厚、親切又率直的石嶺泰明。

然而越是這樣，我心底的自我厭惡越是無法消失，甚至不停膨脹。

交換聯絡方式後，我立刻將之前整理好的履歷寄給他。那份待過多家公司卻沒累積出絲毫成果的人生報告。石嶺的簡介上還寫著部落格的網址，裡頭想必記滿了充實的生活點滴及自身愛好。

石嶺專注看著平板，檢視我的經歷，一句話也沒說。這股沉默壓得我幾乎喘不過氣。他內心肯定正在嘟噥我眞不像樣，暗自苦笑就算自己想幫忙也不知道該從何幫起吧。我不由得揣測起他的想法。

「你去自治團體的窗口問過嗎？區公所裡面應該設了專區。」

石嶺拋來意料之外的問題。

「沒有。」

「那附近的集會呢？境遇相同的人們聚在一起想辦法那種。前陣子在這附近公寓的會議室辦過喔。」

「完全沒有。」

「這樣啊……如果能運用一些既有資源也是個辦法。」

「有辦法嗎？」

我哼了一聲。

「爲什麼？」石嶺似乎眞的不明白，一臉疑惑地看著我。

我舔了舔乾涸的嘴唇，才說：

「有看護措施，那就夠了。」

石嶺的表情霎時僵住，過了一會兒，

「伸一，那個……我認爲自己應該要先了解清楚所以才問你，措施進展到哪裡了？」

他的語調平和又溫柔，眼神卻十分認眞，同時我也感受到他內心的不解及瞬間降溫的冷淡態度。這再正常不過。對石嶺而言，這只是別人家的事，他只會認爲這麼做很異常。像他這樣不虞匱乏的幸福人種，怎麼可能會懂。

我頓了一會兒，才答：

「現在到第二級措施。」

「你請專門的醫生來嗎？」

「沒有……自己用市面上賣的套組，最便宜那種。」

石嶺的臉頰劇烈抖動了一下。

我想起來了，跟老爸一起住後的第二個月又十七天，我買了套組回來，執行「必要措施」那一天的事。

攤開的專用套組是樹脂材質，形狀宛如一雙巨大的襪子。等老爸因套組裡的安眠藥藥效陷入沉睡後，再用套組將他的下半身徹底包裹住，它便會無情地採取必要措施。

臥病在床，譫妄，失智。爲了高效率照護高齡者而受到認可的外科手段「看護措施」，第一級和第二級的套組要價五萬七千圓日幣，所費時間是兩小時四十五分鐘。「第一級措施」會將沒有任何異常的肛門用專門的釘書機封起來，再用全自動手術刀從左邊側腹切進去，在大腸上開洞，藉由機械手臂裝設人工肛門，而「第二級措施」則會同時將毫無異常的雙腿從膝蓋正上方截肢。

這項措施是為了將親生父親改造成更易照護的樣子。

起初老爸並不願意，我便拿平板向他展示戶頭餘額及各類影片，竭力說服他。在那些新聞影像及紀錄片中，多名患者孩子或配偶因照護工作而精疲力竭，最終受不了選擇自殺，或者先殺了患者再自殺。老爸整整三天三夜都不講話，後來，他表情極其黯淡地同意，「最多到第二級」。

「這樣呀……」

石嶺的語調極為沉重。

〇三

只要去指定藥局購買符合規範的套組，連沒有醫師執照的人也能執行看護措施。切下來的組織與血液會在專用套組內分解，三天後就會變成細砂狀的粉末，視覺上也不會惹人不快。粉末丟可燃垃圾，套組則是巨大垃圾。

社會上輿論自然會高分貝抗議這樣太不人道，是在虐待老人，與此同時，也有許多聲音反駁說有鑒於照護的現實情況，這是無可奈何下的必要之惡。爭論最終的結果是，由於這並非義務，不使用的自由是受到保障的。當然這指的是經濟狀況許可，或者經濟能力不足卻有充足後援的情況。

看護措施實際上就是貧困階級的一種救濟作法。這一點只是沒有公開宣揚，實則大家內心都清楚得很，這個措施就是爲了那些沒錢，不得已只能獨自在家照護高齡者的單身人士而存在。就是爲了像我這種窮到如果不想盡辦法，讓年邁父母吊著一口氣以領取微薄年金，就只能流落街頭而死，自尊卻又高得不像話，沒有勇氣向他人求助的傢伙而存在。

〈我會繼續幫你找工作機會，如果遇到其他困難也不用客氣，儘管跟我說。〉

久別重逢的五天後夜裡，我看到石嶺傳來的短訊後，輕輕發出了一聲「嗯……」他的用心讓我很感動，也很感激，但我明白「繼續幫我找機會」就是在委婉表達「沒找到」，心裡不免有點失落。

〈謝謝，如果有需要我會跟你聯絡。〉

我一邊吃著全用半價食材煮成的味噌烏龍麵，一邊打這封回訊。他立刻又傳了訊息過來。

〈你真的不用客氣，我已經跟家人談過，也取得她們同意了。在一定範圍內我都能盡量幫忙。〉

他依舊寫得很委婉，他很小心在避免刺傷我的自尊，同時拉近我們的距離。我真的打從心底感謝他，可是——

「真難得，訊息嗎？」

老爸開口問。他靠在架高的床上，手裡抓著叉子，胸前桌面上，塑膠碗裡的味噌烏龍麵已經少了半碗。

「誰傳的？」

「石嶺。大學時的朋友。」

我拿著自己空了的碗，從榻榻米站起身。

「我記得他來過家裡一次，不對，是兩次吧？」

老爸說完話，把叉子插進燉爛的南瓜，再舉起叉子將南瓜送入口中咀嚼。動作雖然遲緩，思緒卻很清楚，記性甚至比我還好。

我竟然讓頭腦清楚的老爸——

「我記得石嶺是文轉理吧？」

「咦？……啊，嗯。」

我疑惑地應聲。文轉理就是從文組轉到理組科系，好久沒聽到這個詞了，一時間反應不過來。

石嶺原本讀經濟系，大三時突然說「對宇宙產生了強烈的興趣」，就轉到當時學校剛成立的宇宙通訊系，目前在私人經營的宇宙通信局工作。工作內容聽說就是觀測從宇宙傳來的訊號，或者反過來朝宇宙發射訊號，有一天或許能跟外星人交流，是個非常浪漫的職業——五天前本人親口這麼說，在我聽起來就是癡人說夢。

我扼要說明後，老爸的表情放鬆下來。雖不能說是笑了，但他明顯聽得津津有味，我好久沒看到他這種表情，一直盯著他的臉。

「怎麼了？伸一。」

「沒事，我不曉得你對這種話題有興趣。」

老爸是文組的，又是個沒有任何嗜好的工作狂。他從不曾對任何能稱爲娛樂的事物展露興趣，就算開電視滑平板也老是在看新聞或嚴肅的紀實節目，而且那好像也僅是爲了收集資訊，看起來一點都不享受。我根本沒見過他笑，現在也是一樣，我記得以前在叛逆期時，還曾思考過這個人活著到底有什麼樂趣。

「有一點。」

老爸含蓄承認，將叉子插進碗裡。

「要不要我向他多問一點？像是工作內容，宇宙的資訊之類的。」

過了一會兒。

「你們有聯絡時再順便問就好。」

他板起面孔。我猜他應該是喜歡這個話題，又不好意思表現出來。能夠提供讓他開心的話題令我頗爲高興，如果能稍微贖到罪就好了。

「我知道了，下次我們聯絡時——」

砰！外頭傳來巨響。從大門的另一頭，極可能是從公寓停車場傳來的。喇叭聲震耳欲聾，還有人長長怒吼了一聲「喂——！」

「怎麼了？」

「天曉得。」

我站起身正要往玄關走去時。

背後霍地射來一道紅光，將整面牆都染成紅色。我反射性回過頭，瞇起雙眼。

窗簾另一側，不，是窗戶的另一側，有一個發出紅光的球體浮在半空中，正輕飄飄地上下晃動，它時而逼近窗戶，時而遠離，老爸出神地盯著那道光，嘴巴張得老大。

磅！聲音遠比剛才要大。窗戶玻璃的碎片紛紛從窗簾下緣墜到榻榻米上。關緊的窗簾正中央的位置，忽然出現一個人類頭部大小的黑色圓形污痕，然而那塊污痕又隨即碎裂成一片片。這時我才發覺那不是污痕，而是燒焦了。

那顆光球穿過窗戶玻璃及窗簾上的破洞，悄然無聲地飛進屋內。它的大小跟高爾夫球差不多，紅光深處隱約可見金屬材質的表面。

光球飛過老爸的腳邊，朝我的臉直直衝來。我立刻蹲下，那道光就順勢飛向玄關，又馬上繞了回來，搖搖晃晃地飛越廚房，再回到和室，無聲盤旋著。炫目的強光照得榻榻米、床面及老爸全都紅通通的。

那顆光球無預警靜止，就在和室的正中央，剛好位於老爸眼睛的高度上。

它動也不動，徹底懸在半空中，靜靜發出紅色的光芒。

老爸目不轉睛地盯著它。

他凝視著光球，光球也凝視著老爸。雖然不曉得那到底是什麼玩意兒，但它應該正饒富興趣地在觀察。

我的大腦開始像這樣自行編織幻想。除此之外，我什麼也做不了，只能默然望著光球及老爸。

老爸依然張大嘴巴，眼睛連眨也不眨，原本舉到一半的手正不住發抖，纏在叉子上的烏龍麵晃動著。而這一切，全都變成了鮮紅色。

烏龍麵掉進碗裡，啪咚，湯汁濺了出來。

下一刻，光球忽然格外明亮，接著，它跟剛剛突如其來的靜止一樣，又毫無預兆地動起來，一直線穿過窗簾上的破洞，窗戶玻璃上的破洞，飛出了房間。

短短幾秒之內，那道紅光就離我們遠去，消失了蹤影。心裡頭很清楚它是飛向天空，當下卻沒辦法拉開窗簾確認。等我終於心有餘悸地爬起身朝床邊走去，已經是將近十分鐘後的事了。而老爸依舊癡癡凝視著光球方才靜止的位置。

「老爸。」

沒回應。

「老爸，你還好嗎？」

我抬高音量。還是沒反應。我抓住他的肩膀搖了好幾下，他才緩緩看向這邊，終於把剛剛一直大開的嘴巴閉起來。

「……你沒事吧？」

「嗯，你呢？」

「太棒了。」

聽到出乎意料的回應，我頓時答不上話。又是譫妄嗎？他又發作了嗎？還是因爲剛才那顆光球的影響，他出現了譫妄之外的新病症？

呼！老爸吁了一口氣，癟嘴說道：

「我是第一次親眼看到。」

然後放下叉子道歉，「不好意思，我吃不完。」又倏忽回到了平日緥緊的神情。

「你說親眼，你原本就知道那東西嗎？」

「沒什麼知道不知道的，你……」

老爸說到一半就闔上嘴，後來不管我問什麼，他都只是沉默地搖搖頭。

從去年起，全球各地就經常有人目擊那個紅色光球。那些愛好怪力亂神的網站不用說了，就連值得信賴的新聞網站也極爲認眞地頻頻報導。而且二月時，隔壁的壽町也出現了，這麼說起來，我想起最近才看過相關報導。

那些怪力亂神網站不是語氣肯定地說「是外星人的太空船」，要不然就臆測是中國的偵查用機器人。社會大眾熱烈討論此事，但並沒有引發熱潮。我的印象是這樣，而且後來我不得不停止追蹤相關新聞。

因爲自從紅色光球出現在家裡以來，老爸的譫妄就惡化了。

幾乎每天起床時他都要大鬧一番，扯掉便袋。想當然耳，裡頭的排泄物灑得到處都是。

當他恢復神智後，大概是看到自己搞出來的慘狀而受到衝擊，總是極爲消沉，像顆石頭沉默不語。儘管我叫他，他也不回應，臉都快要貼到平板電腦上，一直看著網路節目或網站。而看完之後，又會開始發作。

我想出的解決辦法是，一路熬夜到快天亮，趁老爸醒來前先清理便袋。結果，我卻連一個星期都撐不了。生理時鐘大亂，累到暈頭轉向。與七十五歲的老爸相比我是算年輕，但我也四十五歲，已經步入中年，再加上缺乏運動，身體早就不行了，沒辦法硬撐。

在我看清這項現實後，一個方法浮現腦中。我立刻甩開它，設法將注意力拉回日常生活，重新投身於照顧裝上人工肛門又失去雙腿，不是發瘋大鬧就是陷入低潮的老爸上。

我盡量不去多想有的沒的。

我想要堅守跟老爸的約定。

可是。

三月初，存款終於見底的某個平日夜晚。

我洗好澡，剛從浴室走出來時。

「伸一。」

老爸好久沒有好好叫一聲我的名字了。我顧不得擦乾身體，直接套上衣服就朝和室走去，仰躺在床上的父親劈頭就用毫無感情的聲音問：

「你存款還剩多少？」

「咦？」

「之前是你主動告訴我的吧？」

我愣在原地，胸口的鼓動透露出自己的心跳正不斷加速。老爸無聲望著我，更精準來說是瞪著我。我坦白說出一個數字，老爸沉默片刻，輕輕嘆了口氣。

「其實我還有個帳戶沒動用，裡面應該有十五萬圓。」

「……這樣啊。」

「嗯，你明白我的意思嗎？」

我突然吸不太到空氣，下意識握緊擺在大腿上的雙手。老爸一個字一個字清楚說出：

「就做第三級吧。我不能再給你添更多麻煩了。」

我的胸口及喉頭彷彿被緊緊掐住。

「不，那個實在太……」

我的聲音嘶啞，話講到一半就斷了，我實在說不出「奇怪」這兩個字。因爲我發現自己這種標準實在可笑透頂。

切除雙腿的第二級就可以，將雙臂從手肘切斷的第三級就很奇怪。我驚覺這種想法不過是圖自己方便的自圓其說罷了。

「還是乾脆做第四級？套組的價錢都差不多，跳過一級應該辦得到。」

「是辦得到，只是……」

「做吧。你就輕鬆多了，我在死前也能過上幸福的日子。抑制大腦功能，意思就是再也不用思考，也不用煩惱了吧？只是一個維持生命機能的肉塊，一個用來領取年金的裝置。」

「老爸。」

「哪個好？要照順序做第三級？還是直接跳到第四級？」

老爸依舊面無表情，就連內心的掙扎都不願表現出來。他的那份冷靜使我煩躁難耐，頭腦無比混亂。

「好，讓我想一下。」

我勉強擠出笑容回應。

「現在就決定，就選你比較輕鬆的。」

老爸卻不放過我。

「你反正不會向別人求助，就連以前那麼要好的石嶺，你都沒辦法開口請他幫忙。就是因爲現在有很多這種人，才會出現看護措施這種東西。對於你這樣的人來說，現在這個社會很理想吧？你肯定覺得現在眞是個好時代吧？」

老爸從棉被上面拍兩邊大腿，砰咻，空氣漏出來的聲音響徹整間和室。他是在生氣嗎？在感嘆嗎？還是無奈呢？好像每一項都是，也好像全都不對。那些話聽起來語帶諷刺，不過老爸的表情沒有顯露出一絲情緒。

「對不起。」

我道歉。我感覺自己簡直像是回到小時候，大概幼稚園那陣子。然後，不禁又自責起來。

我眞是個垃圾。

我有自覺，卻沒有打算改變。並非只有我是垃圾。正如老爸所說，就因爲世界上有許多與我相類似的人，看護措施才會存在。換句話說，我不是垃圾，就是一個普通人，甚至還屬於多數。而就連試圖轉換觀點正當化自身的這種行爲，也是個垃圾。那麼，我今後也只好繼續當個垃圾。

「沒關係，我已經活夠了。」

老爸放鬆全身的力氣，輕聲說：

「而且和你一起生活的這五年也是，嗯，滿開心的。」

老爸出人意表的發言，令我不禁懷疑起自己的耳朵。

「咦？什麼？」

「我說滿開心的。我自己也覺得不可思議，明明應該還有其他感想才對，譬如責怪你居然把我搞成這樣，叫你快給我去找工作，或者反過來說眞抱歉情況變得這麼嚴重之類的。」

他的嘴唇微微勾起，我過了一會兒才發現他在笑。

我的頭腦越來越混亂，無力地坐下。堆滿各種雜物的三坪大和室顯得凌亂又狹窄，緊閉的窗簾上破了一個洞，在那之後也不曾換新，一直保持著那副模樣。

讓老爸活下去。除此之外的大小事，這五年來我始終在逃避。跟這樣的我一起生活的老爸，卻說滿開心的。

對不起。我又想道歉的瞬間，眼淚落了下來，滴到榻榻米上砸出啪、啪的聲響，心底深處的炙熱情感一口氣湧上來。

我如烏龜般縮起身子哭泣。

在老爸面前哭真難看，有夠丟臉。這種反應已經不只是小孩，是幼兒了。我雖然這麼想，卻仍止不住嗚咽淚水及鼻涕。

到底過了多久呢？

等抽泣平緩下來時，「伸一」，聽到老爸叫我，我戰戰兢兢地將頭抬起來。老爸躺在床上，凝視著我。他緩緩別過頭，低聲說，「我有預感，差不多又要發作了。在那之前。」

我站起身走到床邊。

「怎麼了？」

「第三級或第四級都可以，只是在執行之前，我有一件事想完成，也算是我的心願。」

「心願？」

「嗯。」

老爸動了動臉及眼睛，示意窗戶上的那個洞，明確說出：

「我想要親眼看一次太空船，可不可以拜託石嶺想辦法？」

〇四

老爸說他從親眼看到紅色光球以來，神智清醒時都在網路上搜尋跟光球有關的訊息。不只如此，他也把所有天文相關新聞及天文台的報告，NASA、JAXA及石嶺他們公司最近的報告都瀏覽過一遍，推導出以下的假說。

紅色光球是外星人派來地球的偵查機器人。

而那些外星人搭乘的太空船就快要從天而降了。

根據是「去年有巨大物體從太陽系外面飛來的新聞，然而卻沒有後續消息，十分不自然。」，「紅色光球的報導也在這一個月突然消聲匿跡，這點也相當奇怪」，「肯定是有人在大規模掩蓋宇宙及紅色光球的消息。」接著又說：

「我會聽到有聲音從遠處傳來說，再一下，再一下就到了。不——是有意念直接在腦海中響起。自從見到那個紅色光球之後，偶爾會這樣。」

我內心塞滿無數疑問，不過最先溜出口的只有這句話：

「……我完全不曉得原來你對幽浮有興趣。」

老爸的反應很奇特，先是不悅地癟嘴，又盯著他自己的手看了好一會兒，才放棄似地道了聲「這樣呀」，又接著說：

「你小時候我常放給你看呀，每次電視播的時候都不會錯過。」

「看什麼？」

「名叫《第三類接觸》的電影。科幻或天文學那些我是不懂，但我喜歡那部電影。」

他摸著平板電腦的螢幕，叫出常看影片列表，排在最上頭的是《第三類接觸》的光碟封面相片。《*CLOSE ENCOUNTERS OF THE THIRD KIND*》是原文片名，換句話說，這是國外的電影。

「你不記得？」

「對，完全沒印象。」

「也是，你那時還小。」

「我們兩個一起看嗎的？」

「嗯，然後那傢伙還在會議室跌了一大跤。」

「咦？」

老爸唐突地提起老媽剛進公司時的事。

每一句話都牛頭不接馬嘴，肯定是譫妄又發作了。我這樣想才是基於理智的判斷吧。其實從他說「也算是我的心願」那裡開始，譫妄就發作了，只是講到一半才轉變話題，因此我不該認真當作一回事。

可是——

「你說什麼？」

我用平板打電話給石嶺，告訴他老爸的願望後，他訝異到似乎有些大驚小怪。

「你爸真的這樣說？」

「嗯。」

假日午後，我從拉門縫隙確定老爸依然在睡，便繼續往下說：

「大概是他自己幻想出來的，但如果你知道相關……或者是類似的消息，可不可以告訴我？像是可以看見流星的地點，或是行星剛好看起來像太空船的時期之類的……」

「喂，伸一。」

片刻之後平板電腦另一端傳來一聲嘆息。

「你現在應該有其他更要緊的事吧？」

「更要緊的事？」

我似乎聽到一聲微弱的哀號。

「錢。生活費。」

石嶺道：

「伸一，上次碰面時，我馬上就看出你們家過得很辛苦，所以我不是跟你說有需要的話儘管說嗎？你根本沒聽——」

「那你現在借我錢。」

我立刻開口拜託，打斷他的話。石嶺沉默了。他的欲言又止，從呼吸聲就能聽出來。

「石嶺。」我平靜喚他，「你當時或許眞的是那麼打算的，但現在情況不同了吧？我看到你的部落格了，上個月你媽媽進了老人安養院吧？還是一間相當高級的安養院。」

我們陷入一陣長長的沉默，我不自覺地屏住呼吸。

「……伸一，雖然我現在手頭不方便，不過我知道大概誰願意借，我們就試試看。」

「不用了，我有看護措施，我現在只是猶豫要選第三級或第四級。」

「我的意思就是不需要用那種不人道的方式。」

「需要。石嶺，你居住在不需要的世界裡，但我需要。我身處的世界，會選擇使用看護措施，事到如今也沒辦法改變什麼了，哈哈。」

我自嘲地笑了笑，視野慢慢模糊起來。

我想起年輕時，某天傍晚跟石嶺在學校餐廳講垃圾話開懷大笑的畫面。我在大型家電量販店找到正職工作時，他高興得就像是自己的事一樣。他考取研究所時，我也同樣替他開心。畢業後各自忙著應付新生活，就漸漸疏於聯繫，我爲了獲得更好的待遇不斷換工作，收入卻反而漸漸減少，住處也越換越小。我沒有什麼雄心壯志，就過一天算一天，儘管內心著急這樣下去情況不妙，也沒有特別採取什麼對策，也沒有刻意付出努力，但石嶺肯定是一路孜孜不倦、腳踏實地——

我抹了抹眼睛，將蜂擁而上的懊悔拋諸腦後，開口問：

「所以，石嶺，太空船的事怎麼樣？」

「咦？啊啊。」

對話主題不斷跳躍似乎讓他有些跟不上。沉默片刻後，他斷然說：

「不好意思，沒有你爸猜的那種事。」

我並不特別驚訝，紅色光球的存在確實令人費解，那種奇異的動態看起來並不像人類所爲，但我也不會因此就認爲太空船眞的要飛來了，況且我也不覺得石嶺會了解這件事。

石嶺舉出幾個最近能看到流星的地點，又艱難地說了聲，「眞的不好意思。」

「我說得容易，其實卻什麼忙也沒幫上，眞的對不起。」

「沒關係，謝謝你。」

我眞心道謝。無論是找工作、籌錢、去看連是否存在都不曉得的太空船，全都是強人所難的請求。在我的世界裡，每件事都顯得極爲莽撞。

「假日還打擾你眞不好意思，再見。」

掛上電話後，我回到和室，望著熟睡的老爸輕聲嘆息。等他醒來後，我該怎麼告訴他？該老實講「石嶺說他不曉得」嗎？還是要撒謊，在石嶺告訴我的時段帶他去看流星呢？二選一。結束之後，就要做看護措施了。只能這樣，沒別的路走了——

平板電腦突然震動起來。有來電。有人打電話給我。居然有這種事？實在太久沒接到別人的來電，我內心反倒沒任何感覺，也反應不過來，只是傻傻地盯著液晶螢幕。

〈石嶺泰明〉

大腦過了幾秒鐘才能辨識螢幕上顯示文字的意義，我反射性喊出「咦？」趕緊接起來，將平板貼到耳朵上。

「伸一，抱歉。」

他的聲音略帶苦澀，還氣喘吁吁的。從平板中傳來的轟轟聲應該是風聲吧？喀擦喀擦響的是腳步聲，奔跑的聲音？這短短幾分鐘內發生了什麼事嗎？我正想問時，石嶺單方面丟下這句話：

「我現在立刻過去你家。我講幾句話就走，你等我一下。」

接著掛上電話。

我一頭霧水地盯著顯示通話時間的螢幕。

老爸用恍惚的目光抬頭望著我。

三天後的深夜兩點。

這時間平常早就睡了，不過我現在一絲睡意都沒有，頭腦反倒十分清醒，因緊張興奮而有些混亂。第一個原因是，接下來我們要做的毫無疑問是件「壞事」，所以必須「偷偷地」做。另外一個理由是，我直到現在仍對自己目前身處的情況感到不可置信。

「怎麼了？伸一。」

老爸壓低聲音關心我。他從新買的羽絨衣帽子探出頭來，舉起手電筒。

「我準備好嘍。」

「嗯，我知道。」

我也小聲回答。儘管我們家這棟公寓老舊又便宜，正常講話隔壁還是百分之百聽不見的。但我跟老爸講話時依然偷偷摸摸的。就算心裡知道這很可笑，仍舊忍不住這麼做。

我抱起老爸，讓他坐上擺在玄關的輪椅又花了不少時間，心裡已經開始著急了。

「得快點，快點……」

「你冷靜點，沒問題的。」

老爸出聲安慰我。終於讓他坐上輪椅後，我便走出家門，經過走廊，穿過公寓大廈的入口，步行在人行道上。在漆黑寂靜的夜色中，沉默地推著輪椅前進。

「好驚人。」

老爸說，他張大嘴巴抬頭望著天空。我慢下腳步，也跟著看向上方。

厚重雲層覆蓋住整面天空，只剩路燈的光芒朦朧亮著。雲層實在太厚了，彷彿此刻就要墜落地面，壓到我們頭上似的。

「這天氣眞適合太空船。」

老爸脫口說出感嘆，又呵地笑了一聲。我也報以淺淺的微笑，繼續朝目的地前進。

石嶺事先告訴我們的地方。

位於練馬區壽町東側的公園——壽之丘公園。

我在腦中回憶三天前的事。

「你爸呢？」

石嶺一到我家，劈頭就問了這句。他滿頭大汗，整臉通紅，也沒打招呼就直闖進來。

我帶他到和室後，他先點頭致意，「伯父好久不見。」說完就立刻語氣激動地質問老爸。

「請問你是怎麼知道的？」

「喂、喂，石嶺，你到底是——」

「是有人告訴你嗎？我想請教你的資訊是從哪裡來的。」

石嶺忽視我的存在，連珠炮似地逼問。

「是我自己查資料，推理出來的。還有……我腦海裡會響起那種聲音。」

石嶺揉了揉太陽穴，神情十分困惑，繞著和室走來走去。兩人的對話內容跟石嶺的舉動都讓我丈二金剛摸不著頭腦。我正琢磨發問的時機時，石嶺愼重地如此請求。

「請你千萬別告訴任何人，伯父，還有伸一也是。拜託。」

接著便娓娓道來。

他說的內容過於脫離現實，我頻頻發出「騙人的吧」、「少開玩笑了」打斷他。我當時根本沒辦法相信，現在也沒辦法說眞的信了。半信半疑，不，應該說三信七疑更爲精確。

我們在一望無際的雲層下，沿著漆黑的大馬路往東邊走。都這麼晚了，路上居然還有車。現在明明都春天了，怎麼還那麼冷。我內心不禁暗自慶幸剛才幫老爸多加了件厚外套，而老爸本人則直勾勾地盯著前方。執行第二級措施後，他坐上輪椅的次數用手指都算得出來，外出的次數更是不滿一隻手。輪椅也是我在網路上買的二手貨，不曉得是我推的方式不對，還是輪椅的結構有歪斜，明明我是朝正前方推，但它就是會慢慢朝左邊偏去，我得頻頻調正前進方向。

遠處出現了一整排紅光，繼續向前走，又看到一個紅色三角錐，好幾片巨大的板子上寫著「緊急」、「瓦斯管工程」及「禁止通行」等字樣。許多身穿工作服、頭戴安全帽的男人來回走動，警衛揮舞著發出橘色光芒的螢光指揮棒，引導來車繞道而過，人行道上也有警衛正朝我們大喊「這裡禁止通行」。

一切都如同石嶺所說。

在今天的這個時間，這條路會藉口修補瓦斯管禁止通行，無論車輛或行人都不能通過。他打包票保證。

理由是——

我們拐進小路，打開平板，點開地圖應用程式，螢幕顯示出石嶺設定好的路線。雖然要繞一點遠路，但走這條路可以避人耳目，神不知鬼不覺地抵達壽之丘。石嶺再三叮嚀我們，爲以防萬一務必要時時留意周遭動靜。

原因在於——

這裡是住宅區，一片漆黑又寂靜無聲，只有輪椅的車輪摩擦柏油路面的聲音響起。我感覺眼睛蒙上一層霧氣，忍不住頻頻眨眼。

那並非心理作用。

這一帶飄起白霧，正確來說，是從另一端飄來的——從山丘流向住宅區，籠罩住一間又一間的房屋。這個現象也和石嶺之前說的一模一樣。

老爸低聲呻吟。我關切詢問「沒事吧？」他聲音嘶啞地回了聲，「嗯。」

「真驚人。」

他重複了一遍方才說過的感想，並同樣抬頭望向上方，雲層近得彷彿伸手可及。這一點也符合石嶺的描述。霧氣漸濃，眼前除了住家幾乎什麼也看不見。

「快到了。」

「還不曉得，老爸，這些可能只是偶然。」

「不可能有這麼多偶然吧？」

「天曉得，但我們要避免空歡喜一——」

我話才講到一半，背後忽然有了動靜。突然間，紅色光芒照亮霧氣。咻。耳邊的空氣傳來聲波。

紅色光球擦過我的左耳，一直線飛過小徑，染紅了沿途白霧，逐漸遠去，消失在我們的視野中。我早已不自覺停下腳步，凝視著光球消失的方向，小徑的另一頭。那裡白霧瀰漫，什麼都看不見。

紅光亮起。

又有紅光亮起。

白霧反射出光球的軌跡，那不是一個兩個而已，成千上萬的光球正紛紛往公園飛去。

「這也是偶然？」

老爸開口問。

「不……」

我勉強吐出一個字。

這下錯不了，石嶺說的全是眞的。

深夜三點，太空船會降臨壽之丘公園。

我再度推動輪椅。

○五

老爸清醒時自行調查推測出的結論，令人驚異地與實際情況大致吻合。照石嶺的說法，去年元旦各國的調查機關同時觀測到有不明物體從太陽系外側飛來。

飄浮在靜止軌道上的望遠鏡所拍攝到的「不明物體」，是一個直徑兩公里，高五百公尺的圓盤。外觀上左右完美對稱，偶爾還會改變行進軌道。換言之，幾乎可以確定它是人造物，並且擁有動力系統。同一時期，全球開始出現紅色光球的目擊者。在調查後發現，那些光球皆來自圓盤，且以高於圓盤數萬倍的速度往返於地球跟圓盤之間。

石嶺任職的公司負責嘗試與圓盤取得聯繫，而疑似回覆的電波抵達地球，是在今年初。從波形解析出數值後，他們很快就發覺那代表了日期時間和經緯度。

「一連串調查及通訊都是在高度保密的情況下進行，與外星人接觸也是最高機密。一旦走漏風聲，全世界毫無疑問會因此陷入一場大混亂。」

石嶺向老爸如此說明。

「以前也曾有在高度機密下進行的案例吧？像是51區或第18機庫，電影或小說那樣的。」

聽完老爸的問題，石嶺神情嚴肅地搖頭。

「這是第一次。第一次有疑似高度智慧生命體交通工具的人工產物，懷著明確的意圖前來地球。」

看著和室裡認眞討論的兩人，我愣在原地。這個話題實在太過脫離現實了，我臉上不禁揚起一絲笑容。石嶺發現後，朝我笑了笑。

「你認為是在開玩笑？這是事實。所以你打電話給我時，我眞的是嚇壞了。我想說消息到底從哪裡洩漏的，這下事情大條了。」

「怎麼可……」

「石嶺。」老爸叫他，「你不會有事吧？把機密透露給我們這種一般大眾。」

老爸憂心忡忡地詢問，石嶺仰頭看向天花板回應道：

「就是說呀，但我認爲自己至少得告訴伯父跟伸一這些事。」

石嶺說厚重雲層跟白霧都是美國的機器製造出來的，爲了避免外界看到壽之丘公園裡頭的情況。現場不僅會封鎖道路，還會有自衛隊員扮成的土木技師及警衛在外頭監視。總理大臣、國防部高層、各國語言學家及宇宙科學專家屆時都會聚集在山丘上。儘管我們沒辦法爬上山丘，依然有機會在附近看到圓盤。石嶺建議我們走到公園東側的投幣式停車場，他說樹林剛好能遮蔽視線，公園裡的人應該不容易發現我們。

我們穿梭在霧氣中，紅色光芒依然在遠處飛舞著。我走著走著，內心不由得害怕起來，寒意竄過全身，雞皮疙瘩都冒了出來，肩膀也聳得老高。我很緊張，我就要踏進過往人生中從不曾體驗的世界了。

老爸坐在輪椅上一動也不動，目不斜視地盯著前方。

凌晨兩點四十八分。

白霧忽然散去。不，我晚了好幾拍才意識到霧是被吹散的。眼前開闊的投幣式停車場大概半滿，我將輪椅停在空車位上，透過樹林的縫隙窺視公園動靜。

「老爸，你看得到嗎？」

「嗯。」

徐緩的山丘上擠滿了人，四處都架設著巨型燈具，照得那附近十分明亮，甚至連青綠色草地上的每根草都能瞧得清清楚楚。

白色棚子下擺著好幾台大型機器。

多道光束在厚重雲層上照出一個個圓形。

在來回走動的隊員四周，紅色光球不停交錯、穿梭，他們大概是已經見怪不怪了，看起來完全沒放在心上。

眾人的匆忙及緊張彷彿隔空傳了過來，我下意識屏住呼吸。

平板震動起來。

〈你們到了嗎？〉

石嶺傳的。

〈嗯，在停車場了。〉

〈我在棚子這裡。〉

我告訴老爸後，他用指尖比了比棚子的方向，「那個吧？」一個身穿西裝、身材微胖的男人，正頻頻注意我們這個方向。那是石嶺吧？該揮手嗎？我不禁猶豫起來，老爸出聲制止，「不好，其他人會發現。」

「你不冷嗎？」

「嗯。」

「我帶了熱茶。」

「不用。」

「你背會痛嗎？」

沒了回應。

「老爸。」

我疑惑地看向他，老爸正神情複雜地仰望山丘，嘴唇不住顫抖。

過了好一會兒才注意到我。

「啊啊，不好意思。」

「你怎麼了？」

老爸眨了眨眼睛。

「好像來了。」

我聽不懂他的意思，內心正疑惑時，霎時一陣強風颳過臉龐，吹得我幾乎失去平衡。等我重新站穩抬頭望向山丘時，差一點就要驚叫出聲了。

山丘頂端的正上方。

雲層破了一個大洞，我目不轉睛地看著那個洞變得越來越大，如漩渦迴轉又散去。下方人群加快了動作，紛紛將燈光對準那個洞射去。

無數道光照向雲層的另一端，銀色的不知名物體。我才剛看到這一幕，原本覆蓋住整面天空的雲層就瞬間消失了，連一丁點痕跡都沒留下。

啊。我聽到老爸倒抽了一口氣。

雲層消失後，飄浮在夜空中的，是一個巨大、銀色的「圓」。

不是圓盤，是一個圓。我認為這麼描述是最貼切的。沒有凹凸也沒有接縫，就只是一個圓。它也沒有發光，沒有出入口會打開，動力裝置也沒有噴出火焰。只有光線照耀的部分會反射出炫目的光輝。

我判別遠近距離的能力有些失調。

甚至感到略微頭昏。

眼前的畫面就像是孩子用蠟筆塗鴉的圓形突然躍入眼前，也彷彿正在作夢般的心境。

我不禁無謂擔心起附近的居民該不會發現吧。要是他們發現了，肯定會引發一場大騷動。

有幾顆光球朝著那個「圓」筆直飛去，正以爲它們要接觸了，轉眼間光球卻又改變了飛行軌道，再次下降。那個「圓」沒有發出任何的聲音。現場只有山丘上人群發出的聲響及交談聲，不過從這裡聽不清他們的對話。我嘴巴張得老大，手緊緊抓著輪椅仰望上空，這種不自然的姿勢讓脖子開始痠痛，但我絲毫不在意，現在不是管脖子會不會痛的時候。我只想要一直看著這副光景，這個「圓」，眼睛根本移不開。

「啊啊，啊……」

傳來奇妙的聲音。我花了一點時間，才發現那是老爸的聲音，他不停啜泣著。

老爸抬頭望著圓盤，眼淚直流，淚濕的臉頰發著光。他抬起雙手抹了抹臉，再次昂首朝夜空望去。我第一次看見老爸哭。

他注意到我的目光，說了句「抱歉」。

「我沒想到這輩子竟然能親眼看到這些。」

「……你眞的很喜歡耶。」

「與其說喜歡……」

老爸吸了吸鼻子。

「倒不如說是感到一切都無所謂了。」

我不知道該接什麼，便保持沉默讓他說下去。

「居然有那種程度的技術和智慧，可以從極爲遙遠的地方來到這裡。我們不曉得他們的目的，只能迎接他們的到來，緊急進行準備工作，在極爲機密的狀態下做好每一步……不覺得一切都好渺小嗎？每天的生活什麼的，好像都無所謂了。那些辛苦的、難熬的事，全都無所謂了。」

他出神地凝視著夜空。

「看電影時我就有這種感覺了，而現在是親臨現場，感觸更是遠勝過電影千倍。一切都無所謂了。就算沒了手腳，就算成了一個毫無知覺的肉塊，都無所謂了。無所謂了。」

他的熱淚一顆顆滾落。

我一句話也回不了。老爸幾乎從不提自己的事，我想都沒想過原來他一直有這種想法。我不知道他是如此嚮往宇宙跟外星人的世界，也從未思考過他是否認爲自己的人生很辛苦。

我根本一點都不了解老爸。

「你看。」

老爸說。

我抬頭望去，發現那個「圓」上冒出了無數個小洞，看起來就像一個巨大到難以置信的蓮蓬頭。那些洞乍看很小，實際上每個直徑應該都有好幾公尺。這畫面實在太過於詭異，我失去了辨別正確大小的能力。

內心的不安越來越甚。

有什麼即將發生，逼近眼前了。可能是積極而美好的事，也可能是恐怖駭人的事。侵略、攻擊，叫人心慌的詞語浮現腦海，但我不知道該怎麼辦才好，只能努力不移開目光。

終於，「點」出現了。

數不清的黑點從那個「圓」掉下來，不，是慢慢下降，宛如飄浮一般，正緩緩往地面接近。它們的輪廓逐漸清晰，也開始看得出顏色，與那個「圓」一樣是銀色的，形狀就像顆橄欖球。

銀色橄欖球散布在整片夜空中，紛紛落向山丘及街道。我不禁想到這樣就來不及壓下消息了，石嶺他們至今的辛苦全白費了。

有一顆橄欖球輕飄飄地降落到停車場，在如此靠近的距離，才終於看清它的尺寸與質地。雙手環抱起來的大小，像金屬也似樹脂。即使落到地面上也沒有發出任何聲響，連動都不動一下，沒有地方突然打開，也沒有機械手臂伸出來，更別提噴煙噴火或射出光束了，就只是靜靜地停在地面上。

我跟老爸互使了個眼色，便推動輪椅靠近那顆大橄欖球，我雙腿發軟，但實在禁不住好奇心驅使，更重要的是，一切都無所謂了。

正如老爸所說，在帶來巨大衝擊的未知存在面前，什麼自己的心情都無所謂了。無論是過去或未來，此刻都早已被拋諸腦後。

我們專注觀察那顆橄欖球，老爸拿起手電筒照過去。背後的山丘上傳來一陣喧嘩聲。它的素材十分薄透，能夠看見裡頭。

「喔喔……」

老爸沙啞喊道。

裡頭擺了一塊像是梅干的物體，無論顏色或質地都與眞正的梅干相差無幾，大小則約同西瓜。滿是皺紋的表面抖動著，位於左右的兩個小洞規律開闔，兩條並排且極爲深刻的皺紋稍稍開著，露出裡面的黃色物體。

是眼睛。那雙炫目耀眼的黃色眼瞳仰望著我們。

我逐漸能夠辨識出長長的脖子，再來是瘦削的肩膀，好像是在看出兩隻眼睛的同時，我的大腦就建立起認知外星人整體樣貌的能力。

那是一個只有頭部和胸部，接近人類外型的生物。

沒有頭髮及體毛，沒有手，腰部以下似乎也不存在。我沒看到，而且從那顆橄欖球的大小來看，實在也難以想像裡面還塞了腰部以下的身軀。

我眼角餘光可以瞥見附近馬路上，仍有新的橄欖球陸續著地，而它旁邊那條路也有，隔了些距離的住宅門前也有。

外星人微微做了個類似點頭的動作。

霎時間，橄欖球表面浮現了好幾個圖形，排列得十分有規律，像是楔形文字跟東巴文組合而成的難解圖形。

我下意識地歪歪頭，老爸也說了聲「文字嗎？」便恢復沉默。外星人再點了點頭。

〈請　喂〉

這是中文吧？不管怎樣，至少是這個星球上的文字。

〈Ｆｅｅｄｕｓ〉

〈Ａｌｉｍｅｎｔａｒ〉

熟悉的文字接連出現，但看不懂是什麼意思。我終於想到可以翻譯一下，正要抽出平板電腦時，眼前又浮現出了日文字。

〈請養我們〉

那雙黃色眼眸朝我們投來懇求的目光。

原本漲滿整顆心的興奮瞬間冷卻，內心轟然作響，喉頭彷彿哽住了，嘴裡頓覺口乾舌燥。

平板電腦一直在震動。

「伸一，你們沒事吧？」

石嶺的聲音透著關切及疑惑，「沒受傷吧？碰上什麼怪事了嗎？」

「沒有。」

我回答：

「我正在看裡頭有生物的座艙，上面顯示了文字。」

「嗯，我們這邊應該也是在看一樣的東西。」

我驀然心驚，他在工作時講電話不會出問題吧？

我將視線轉向山丘上，人群三三兩兩地聚集著，橄欖球依然源源不絕地朝地面降落。

我將那些文字唸出來後，聽見了石嶺回「沒錯」，還有他的笑聲。

「怎麼了？」

「沒事，就覺得很好笑。那些專家都舉白旗投降了……明明是專業的，卻完全看不懂這是什麼意思。」

「那些字的意思嗎？」

「對，他們甚至還懷疑是不是人家的機器翻錯了。」

「這樣啊。」

我應答時，語氣冷淡到連自己都嚇了一跳。沒辦法，石嶺不會懂的。他是經濟不虞匱乏，有能力將媽媽送到老人安養院的那種人。

那種不需要使用看護措施的富裕階層。

〈請 養 我 們〉

文字閃爍不定，外星人的大眼睛眨呀眨的。

我明白了，徹底懂了。

他們爲何而來。雖然只是個人的臆測，不過我敢保證我的直覺已經告訴了我眞相。

我也察覺到爲什麼自從遇見紅色光球以後，老爸就開始聽見他們傳來的聲音。因爲他們是同類。因爲眼前那顆橄欖球裡頭的生物，跟坐在輪椅上的老爸很相像，他們都置身於極爲類似的處境裡。

這位外星人已經衰老了。

即使衰老，卻依然活著，只是四肢遭到截去，改造成便於維持生命機能的樣貌。

可能是不忍加以殺害，也可能是有什麼需要計算利弊得失的目的吧？

譬如爲了領取年金。

照護這些燙手山芋的工作，就這麼被甩給了我們人類。

換句話說，對於遙遠星球的居民而言，地球被當成了日本傳說中拋棄老年人的「姥捨山」。

老爸關上手電筒，一會兒後，沮喪地垂下雙肩。相較於短短幾分鐘之前的昂揚姿態，他整個人像是倏然縮小了，彷彿一瞬間枯萎似的。而我連看一眼他的臉的勇氣都沒有。

「怎麼了？伸一，發生什麼事了？」

平板中傳來石嶺關切的聲音，我將平板拿開耳邊，抬頭望著山丘。

那個「圓」早已升高。雖然看不出它在動，但從外觀的大小就能判斷它的位置正逐漸遠離。這代表的是，它的任務已經達成了吧？

在紅色光球四處飛舞中，數不清的橄欖球，輕飄飄地相繼降落至這一帶。

傳達愛意，就照左側內容執行

〇一

我在桌椅整齊的「剪接室」裡出了一會兒神，視野右側突然浮現出圖示，是一個抽象設計的女性圖示，下面顯示出〈訊息已送達〉這幾個字。

終於來了。

我頓時感到全身變得沉重，用視線點了一下圖示。

女性圖示往視野的中央稍偏下方移動，上頭則冒出簡潔的文字。

〈天禰玲女士於本日二一〇八年二月十一日下午一時四十三分永眠。請節哀順變。〉

我忽然吸不到空氣。儘管早有心理準備，身體依然反射性地繃緊。

在沖繩的老人安養院裡生活的媽媽，方才去世了。

這段文字是由傷病者監視應用程式「探望系統」依據主治醫師管理的患者病歷、生命維持裝置的數據，以及死亡診斷書的開立通知，同時發送給所有事先登錄的親朋好友。無論我看多少遍，意思都不會改變。

媽媽死了。媽媽斷氣了。

我的媽媽，天禰玲的生命徵象停止了。

享年八十一歲，「死因」大概是寫心臟衰竭或多重器官衰竭，簡單來說，就是老了。死期也一如之前預料的，我原本就推估多半會發生在我過了不惑之年後，而我前陣子剛滿四十二歲。

因此我既沒有張皇失措，也沒有哀聲慟哭，只是長嘆了一口氣，靜靜感受深刻而沉痛的悲傷啃蝕內心。

「和也老大。」

隔壁座位的部下多田抬起頭。他年紀小我一輪，是最值得信賴的剪接師。

「難道是……」

「嗯，我媽。她很晚才生我，靠自己把我扶養長大。」

「請節哀順變。」

他神情哀痛地說。過了片刻，他又說：

「葬禮就在這裡舉行吧？我就待在這裡可以嗎？還是直接過去比較好？」

「不好意思，請你直接過去，這個房間的容量會不夠。」

「時間呢？」

「等我一下。」

「探望系統」傳來新訊息。

〈本日二〇八年二月十一日下午九時起，將在「喪主天禰和也先生自家」、「島人老年安養院」、「月光影像企畫股份有限公司總公司大樓」三地舉行天禰玲女士的佛教葬禮「清風」。各地住址請見下列資訊。〉

我想起來了，當初註冊「探望系統」時的確是這樣設定的。我把自己訂好的葬禮程序都忘得一乾二淨了，此刻記憶才慢慢恢復。我將相關資訊告訴多田，他的神情略顯為難。

「怎麼辦好呢？總公司比較近。」

「那你去總公司就好，不需要勉強過來這裡。」

「可是——」

「你的好意我心領了，謝謝。」我展露自然的笑容，「我就是希望大家可以自由選擇方便的地點，才會同時在好幾個場所舉辦。你優先考慮自己的情況就好。」

我下意識伸手要拍多田的肩膀，結果我的手直接陷進他的肩膀，貫穿他的胸膛，什麼也沒摸到。

「和也老大，你又來了。」多田苦笑。

「不好意思，不小心忘記了。」

他實際上不在這裡，而是待在千葉自家，我們只是將彼此的電子隱形眼鏡裝置裡的應用程式「空間分享」調至同步，在這個房間中投影出他的外型而已。同時間，在他的視線範圍內也會顯現出我的模樣，現在看起來大概就是一手插在他的胸口上吧。透過裝設在房間各處的極小型麥克風及喇叭，我們可以直接對話。

「那我就恭敬不如從命了。」

多田坐著低頭致意。

「我都說沒關係了。比起這個，你盡量利用時間改一下。」

我用手比了下正面的牆壁，上頭投影著大幅影像。在公寓大廈的一戶屋內，有個老人正伸長了機械手臂，步步逼近前方的老婆婆。

這是網路連續劇《科幻劇場》第七集《天堂銀牙》中的結尾場景，用CGI打造的機械手臂動作不太自然，我示意多田重剪。這次絕不能失敗。

觀看人數正隨著播出逐集下降，要是第七集再減少，這部戲就確定要腰斬了。這是我手上的戲第四次遭到腰斬了，到時候不是被換下導演職位，就是炒魷魚。無論哪種下場都會讓我的職涯走下坡，再不設法扳回一成，我就要名聲掃地了。

幸好媽媽幾年前就成了植物人，幸好她離世時不用心裡還掛念著我的不成材，死亡帶來的離別衝擊當然極爲巨大，我內心卻也同時鬆了一口氣。

我沉默地望著多田操作手上的平板電腦，調整機械手臂的細節。

多田一路改到六點半，「好，剩下的明天再說。」他站起身，臉上沒有分毫疲倦神色，說完「辛苦了，我現在過去公司」，便操作平板電腦離開。我也透過位於視野角落的「空間分享」圖示選擇了「結束」的指令。

連一絲聲響都沒有發出，他的身影就憑空消失了。「剪接室」也頓時消失得無影無蹤。眼前出現的是一間五坪大的和室，裡頭除了燈具什麼都沒放，空空蕩蕩的。這房間位在公寓大廈的四樓，我七年前買的這間屋子裡。

腳底傳來榻榻米的觸感。眞不可思議，我方才待在「剪接室」裡時，明明一點感覺也沒有。

我一出房間，就朝廚房走去。

埋頭煮晚餐時，妻子柚菜帶著女兒樹理一起回來了。去幼稚園接樹理基本上是柚菜的工作，早上則由我負責送樹理去學校。

柚菜一見到我就開口說：

「爸爸，奶奶她……」

她只說到這就打住了。那張瓜子臉上沒有任何表情，我頓時明白她跟我一樣冷靜，同時也能看出她內心深切的哀傷。媽媽跟妻子雖然已經三年左右沒辦法正常聊天，但從第三者的角度來看，她們一直感情很好。

「嗯。」

我簡潔回答。簡潔過了頭。快滿五歲的樹理似乎還搞不太清楚發生了什麼事，小手抱住我的腰，撒嬌說「我要吃飯」。

吃完晚餐後，我們就換喪服。我是西裝，柚菜是洋裝，樹理則是換上預計明年小學入學典禮時要穿的制服風格的西裝外套及百褶裙。

晚上八點，我將和室的牆壁調到鏡面模式，三人排成一列確認儀容是否整齊，眼前就出現了女性圖示。

〈喪主　天禰和也先生

一切準備就緒。

要開始進行佛教葬禮「清風」了嗎？

是／否〉

我傳訊息給總公司的部下及「島人」的負責人確定一切妥當後，便用視線選了「是」。柚菜及樹理從拉門外興味盎然地盯著我的一舉一動。

圖示亮起來，「分享空間」也亮了，整片牆都是鏡面的和室裡突然飄起無數炫目的金色粒子。

眨眼間，和室就變換爲「清風之間」，我預先選好的布置呈現在眼前。

樸素的祭壇上妝點著白色與紫色的鮮花，正中央掛著媽媽的遺照。那是她還能行走時拍的，那張儘管顯出老態卻透著智慧從容的面容，正朝著我微笑。

前方擺著棺材，上頭蓋著一塊乾淨的白布。

四周牆壁上掛著喪禮用的黑白相間布幕。

天花板反射出的間接照明光線柔和地灑落，四周還有白鴿及小天使輕飄飄地飛舞著。那些白鴿落了幾根美麗的純白羽毛在祭壇及棺木上，那群小天使稚嫩的臉龐上都漾著微笑，還有好幾人跨坐在鴿背上。

「好厲害。」

樹理驚呼。她似乎已經完全適應電子隱形眼鏡裝置了。只要不害怕戴隱形眼鏡，也不會因此感到疼痛，便不會特別留意眼前顯現的畫面究竟是事實還是立體影像，就是單純因看到的畫面而感到訝異。

「樹理，不要亂跑。」

柚菜出聲制止，但樹理似乎興奮到克制不住自己，小跑步到祭壇旁，專注地凝視著遺照及祭壇上的花朵，接著又將目光落在棺木上。

在棺材的正中央，亮著一顆暖藍色的光點。那並非按鈕或電燈，純粹就是一顆發亮的點，配置在棺材上頭的座標軸——依照事先的安排。

「這個可以按嗎？」

「嗯。用眼睛盯向它，不是用手指。」

「好。」

樹理凝視著那個光點，低聲說了一聲「欸」後，光點轉爲黃色。

棺木上的小窗戶無聲地打開，我與樹理同時看向裡頭。

媽媽的臉映入眼中。她閉著雙眼躺在花海中，看起來彷彿是睡著了似的。雙頰微微泛紅，嘴唇依然帶有血色，跟我三個月前最後一次去看她時的模樣相差無幾。不過再仔細一瞧，她連動都不動，也聽不到一絲呼吸聲。

當然。這只是用掃描遺體所得的數據重現出來的影像，系統是做得到讓她動起來，但沒人有這種需求，至少我不希望，我一點都不希望遺體動起來。

不——真的是這樣嗎？

若是媽媽動了起來，若是她動了，開口說話了，我一定會想找她講話。儘管明知那只是虛擬的影像，我也會忍不住叨叨絮絮起來吧。那些瑣碎的日常，妻子跟女兒的小事。我可能也會仔細詢問小時候她跟爸爸離婚的理由，在「因爲他外遇」這短短五個字背後的恩怨情仇。

等周圍一個人都不剩之後，我大概會向她傾訴工作上的煩惱。

我有好多話想告訴她，也有好多事想問她。

可是媽媽死了。她已經死了。

「爸爸，你怎麼了？」

我聽到樹理的疑問，才發現自己流淚了。

滴落的淚珠，穿過了媽媽的臉龐。

快要九點時，前來憑弔的客人陸續現身。我們夫妻的工作夥伴、朋友，再不然就是樹理朋友的家長。

他們跪坐在棺木前，我眼前隨即出現了一串念珠。我伸出手指穿過念珠中間，大約一秒後，就有一個漆面香爐輕盈地從虛空中飛出來。我用視線點選它，香爐的上半部就有香粉飄然飛舞，此時，客人紛紛合掌行禮。

這是燒香。從分享空間的葬禮普及之前就已經存在，長年延續下來的傳統作法。

「清風之間」不知不覺響起了誦經聲，那似吟唱又似低喃的聲音撫過胸口，讓我的內心漸漸平靜。

位在視野一角的佛壇圖示偶而會晃動，並顯示出文字內容。

〈奠儀：一之瀨俊成先生　一萬圓〉

我以視線選擇遺照，完成規定的手續之後，憑弔客人的帳戶就會轉出指定金額到我的戶頭裡作爲奠儀，而回禮則由「探望系統」按照流程代爲送出，我不需要再多花心思。

總公司及島人的會場交由「探望系統」全權負責，我之前看過說明書，現場應該是投影出我的影像來接待賓客。目前沒有接到發生問題的通知，一切順利進行，葬禮靜謐地持續著。

我一一向每位賓客鞠躬致意、道謝。

「謝謝您特地遠道而來，淨化的鹽，淨化的鹽。」

據說在佛教葬禮中，送客人離去時都要這麼說，是一種慣例。我完全不理解箇中涵義，不過宗教儀式或祭祀就是這麼一回事吧。重要的並不在於理解，大家聚在同一個地方肅穆地舉行才是重點。目的在於一起經歷同樣的體驗，分擔彼此的煩憂，展開新的生活。

「謝謝，撒、撒。」

而憑弔客人在離去前會這麼回應，這也同樣是慣例。

十點半過後就不再有客人過來。我站在棺木前，仰望著祭壇，講述媽媽的事給樹理聽時，女性圖示這麼問。

〈喪主　天禰和也先生

憑弔流程至此已全部結束，請問要收藏佛教喪禮「清風」嗎？

是／否〉

「清風之間」飄盪起音樂盒的悠揚樂音，是《螢之光》。這首曲子是在任何人的喪禮上都能聽見的經典曲目，我的心情隨之莊嚴起來，在確認過總公司跟老年安養院都沒有狀況後，便選了「是」。

遺照發出橘色的光芒，照片中的媽媽緩緩開口。

「柚菜，謝謝妳，眞希望能有更多機會跟妳聊天。樹理，妳長大了，奶奶以後也會在天上守護著妳喔。」

那個聲音與母親極爲相像。發言內容是由「探望系統」根據生前紀錄推測出的「亡者想給遺族的最後一句話」。直到這一刻之前，系統都不會透露內容，所以這是我們第一次聽見這些話。

「螢之光」不知何時轉成了管弦樂團演奏的版本。

白鴿與小天使在遺照上盤旋。

柚菜嗚咽出聲，慌忙伸手摀住嘴，彎下身子。樹理則瞇起眼睛凝視著遺照。

「和也，謝謝你，謝謝你誕生在這個世界上。」

媽媽露齒一笑。

「媽、媽！」

我情不自禁呼喚她。

祭壇、遺照、花朵、棺木、白鴿及天使都漸漸分解爲無數亮晶晶的粒子，環繞成一個漩渦不停轉動著。我的雙頰感受到理應不存在的溫暖那瞬間，一切就全部消失了，樂音也停了。

空曠安靜的和室正中央，我們三人坐在榻榻米上。

一陣漫長的沉默之後，第一個開口的人是柚菜。

「……真是一場出色的喪禮。」

她用指尖抹了下眼角。

「嗯。」

我深深點頭，將目光投向白色牆面，占據視野中央略偏下方的女性圖示正輕微晃動著。

〈請確認接下來的流程。

・二〇八年二月十二日早上九點

於沖繩火葬場，火化天禰玲女士的遺體

・二〇八年二月十二日下午一點

破碎、冷卻、遷移天禰玲女士的遺骨

・二〇八年二月十二日下午五點

於愛之理想鄉舉行天禰玲女士的入塔儀式，遷進靈骨塔第七棟一〇二七區

編輯／確認〉

按下「確認」後，我瞬間沒了力氣。

林林總總的思緒與情感沉澱至心底深處，腦中就像用蓮蓬頭沖洗過一般，心境十分清明。

〈辛苦您了，天禰玲女士的喪禮在此結束。〉

女性圖示朝著我的方向輕輕行禮致意。

○二

同年八月十五日，晚上七點，我進入和室操作「探望系統」，房內射出無數道璀璨的藍色光束。

光芒消失後，眼前矗立著一塊精美的墓碑，周圍遍地碧草如茵，繽紛花朵處處綻放，墓碑的正面刻著「天禰家之墓」。

第一次中元節的掃墓。

我讓樹理按下墓碑表面上的藍色光點，空中依序出現了藍色水桶及勺子。操作勺子舀起桶中清水澆淋在墓碑上頭後，墓碑逐漸發出光輝。

我們凝視著變得光彩奪目的墓碑，蹲了下來。點選眼前的燭台後，就出現了一束線香，飄出繚繞的白煙，俐落插進香爐裡。

「來，妳來跟奶奶說說話。」柚菜說。

「要說什麼？」

「跟奶奶說妳過得很好，希望奶奶也過得很好。」

此刻，柚菜綻放笑顏。

「來，把兩手的紋路闔在一起？」

「闔家平安！」

樹理雙手合掌，嘴裡唸著「南～～無～～」闔上了雙眼。

這是古代流傳下來要小孩子合掌時慣用的俏皮講法，關於它的起源有諸多說法，其中最有力的說法是，在室町時代後期，淨土眞宗的高僧爲傳道環節所編撰出來的。經常可以聽見有人說，這是佛具用品店在昭和及平成時代播放的電視廣告裡的宣傳詞，這肯定是在開玩笑吧。如此簡潔、親切，又令人滿懷感激的話語，應該不會是資本主義下的產物。

樹理凝神低喃著，我將目光從她身上移開，閉上雙眼，在心中向母親報告近況。

媽，我們都很好，沒有生病，也沒有受傷，柚菜的工作也很順利，樹理跟朋友也相處得很融洽，只是我有一個煩惱。

《科幻劇場》就如同我原先擔憂的，在第七集畫下句點了。媽，那是妳喜歡的黑色幽默科幻影集，每一集都是一個獨立的故事，這種形式也是妳喜愛的吧。可惜喜好與妳相同的人，在社會上似乎屈居少數。

在科幻界以犀利批評聞名的網路紅人川村太大肆抨擊，也造成了很大的影響。

〈這種東西才不是科幻！〉

〈根本沒有愛的冒牌貨滾出科幻界！〉

他的意見在科幻界可說是掌管了生殺大權，只要他說了一句批評，就不會再有愛好者願意多看一眼。這件事我最近才曉得，媽，妳一定在笑我沒事先做好功課。

目前跟我同年入行的導演正在製作新的科幻節目，還請了那個川村擔任監修，名稱是《戰鬥吧!!高中女生的速食店激戰》，主角是一個熱愛科幻作品的高中女生，她會在自己去的每一間速食店運用科幻知識駁倒對科幻冷感的大人。這個節目大受歡迎。

「你不知道就是書讀太少，如果知道還那樣，你就是不知羞恥！」

這個女主角每次一決勝負時說的口頭禪，也在大街小巷中流行起來，這檔節目不用多久就會成爲月光影像企畫有史以來最成功的熱門作品，主演偶像的知名度也扶搖直上，據說她參演《星際大戰》系列值得紀念的第一百集電影的事已經幾乎敲定了。川村太對於作品的完成度十分滿意，前陣子還在網路上說〈這個時代眞好呀〉跟〈眞正的科幻作品能獲得世間認可，我內心感動萬分〉。同年入行的傢伙現在成了月光的救世主，在公司內獲得無比敬重。

而我完全是個礙手礙腳的，接不到任何工作。今天也是無事可做，高層已經在暗示我主動離職了。

媽，我該怎麼辦才好——

「好長喔。」

樹理傻眼的聲音傳來，我才回過神。她鼓著雙頰吐嘈我，「大人有這麼多話要講嗎？你那是在傾吐煩惱吧？」

「喔，妳知道這麼難的字啦。」

我笑著帶開話題，迅速站起身，柚菜一臉擔心地望著我。我發現了，但我沒有勇氣看她的眼睛。

將房間恢復原狀，打掃浴室，燒好熱水後，我讓柚菜跟樹理先進去洗澡。聽著浴室裡傳來的水聲及談笑聲，我坐在沙發上發呆。今天從一早開始我就一直呆坐在這裡，不管送柚菜上學或接她放學的都是我，昨天也是這樣，前天也是。

明天會怎麼樣呢？

我沉浸在黯淡無光的思緒中，視野的右側角落忽然亮起。

〈多田敏伸先生要求開啓分享空間〉

一切換至「剪接室」，多田就立刻站起來。

「辛苦了。」

「沒事，坐著談。怎麼啦？」

我請他坐，他略顯僵硬地坐下，神情凝重，

「和也老大，聽說你要辭職，眞的嗎？製作部長告訴我的。」

「哈哈，從外部來施壓了。」

我忍不住笑了起來，多田卻笑不出來。我知道他是在擔心我，我很感動，但心裡頭更多的是歉意。

「你有下一步的方向了嗎？」

「我在找工作了。」

「誰跟你講這個，我是說企畫，那種能夠起死回生，一擊揮出全壘打的那種企畫。」

「怎麼可能有。」我又差點要笑出來，好不容易才忍住，一口氣說：

「改編成連續劇的小說或漫畫多得數不清，但那種東西有什麼意義？寫成企畫又能怎樣？我沒有拍出好劇的能力，觀看人數清楚證明了這一點，就連重播《世界奇妙物語》的收視率都遠勝於我，那種早在遠古時代就滅絕的電視媒體上的節目。」

「大家是覺得稀奇吧？畢竟現在就連裝置都沒了，難得有機會看見，當成是那個時代的影像資料來看。」

「那無所謂，重要的是——」

是我主動帶到這個話題走向的，心裡卻立刻後悔了。我根本不想聊這些，卻已經太遲了。我將自己不想說，絕對不願承認的那句話，說出口了。

「我已經沒辦法拍連續劇了。」

「不拍不就得了？」

多田爽快地回。

「和也老大，你學生時代是拍紀錄片的吧？還得了幾個獎，然後才投身影像世界，開始拍連續劇是後來的事才對。」

「是、是這樣沒錯啦。」

我愣住了，不免回應得有些結巴。確實如他所說，當時也是年輕，行事衝動不顧後果，成天追在各種不同境遇的人士屁股後面跑，長期拍攝他們再剪成作品。正如多田說的，當時得了些獎，還是頗有權威性的知名獎項。

可是我逐漸體認到採訪他人時，很難控制拍攝的最終成果。在進入月光兩年左右，便不再扛起攝影機，然後就這樣一路渾渾噩噩地走到今天，連自己的起點都忘得一乾二淨。

「……你是在叫我重返初心嗎？」

我反問。多田終於露出笑容。

「我的親戚裡有個值得採訪的對象，是一位住在大阪的七十歲男性，癌細胞擴散到全身了，恐怕活不到明年。」

「喂喂，你不會是叫我去拍他的臨終吧？」

難以治癒的疾病嗎？或是年老及死亡相關的主題？不管哪種都太老套了，如果沒有新穎的話題性，企畫就過不了關。

「不是。」多田搖頭，語氣認真地繼續說，「他交代子孫，等自己死了以後要辦場隆重的喪禮，要用傳統的喪禮送他一程。」

「什麼？」

我聽不懂他的意思。

「那個，喪禮的話我二月才剛辦過一場。多田，你不是也從總公司參加了嗎？紀錄還留著，那個就是以前的作法。」

「那位老先生指的就是這個——希望子孫用分享空間普及以前的喪禮送他一程。」

「普及以前？」

我在腦中搜尋記憶。

「不是差不了多少嗎？除了場所只能設在一個地方，然後所有物品都變成實體而已。硬要舉出有哪裡不同，就是要耗費數倍的費用及人力，還有日程也會很難安排。啊，當然就不會有天使了。」

這些事連小朋友都曉得，除此之外，應該沒有其他不同之處了。

多田大幅度調整坐姿。

「那我問你，遺體和棺材要怎麼搬進去？祭壇呢？和也老大，我們就先假設辦在你家裡好了。」

「那些就——啊。」

我說不出話來了。

這間公寓大廈的電梯很小，只要同時塞進六個人，就會擠得像沙丁魚罐頭一樣，棺材不可能進得來。樓梯間也十分狹窄，大概不可能在每層樓中間的平台轉換方向。這樣一來，只好把棺材拆開運進去了，遺體再用別的方式，譬如睡袋形狀的容器裝著會比較好搬。

對了！我記得電梯在用擔架搬送病人或傷患時，裡側牆壁不是可以打開嗎？意思就是在緊急情況時可以變得「更加寬敞」，所以應該也不是沒辦法載遺體……不對，等等，我忘記最重要的一件事了，話說回來，這些事情——

「誰來做？」

我忍不住問出聲。

負責處理遺體的業者俗稱「身後團隊」，他們的工作就是將遺體從醫院搬運出來，在火化後將骨灰送進靈骨塔。所以是要交給他們做嗎？從前準備喪禮也是他們的工作吧？誦經要請誰來？讓遺照發光、說話，又要運用哪些技術？我完全無法想像，更精確地說，我根本不曉得，也從沒興趣了解。

「我稍微調查了一下，以前好像有個叫作殯儀館的地方，還有葬儀社這種公司。」

多田說出兩個我不熟悉的名詞，我一頭霧水地回看著他，疑問一個接一個躍入腦海。傳統的喪禮到底是什麼模樣？多田親戚的那位老先生，他想要的究竟是哪種喪禮？他又爲什麼會提出這種難題？

等我回過神來，才發現自己一直倚在牆上，雙手抱胸抬頭盯著天花板。我的大腦正以驚人速度思考著，心中的好奇正不斷持續膨脹。

「多田，不管怎樣先跟那位老先生，你的親戚聯絡一下，馬上。」

「是。」

多田精神煥發地應聲。

〇三

「不管我問多少次，他都堅持『以前那種隆重的喪禮比較好』，不然就是直說『傳統的喪禮』、『眞正的喪禮』，還說錢可以從他自己的存款出，花多少都無所謂。」

對面沙發上的鈴鹿春介摸了摸下巴。他是一位體型嬌小的三十八歲男性，任職於公寓大廈管理公司，那副庸俗的眼鏡偶爾會閃出藍色光芒，是好幾代以前的電子眼鏡裝置，衣著打扮看起來也是隨處可見的廉價品。

「這根本就像以前的故事嘛，國王殿下出題爲難大家一樣。」

他身旁的鈴鹿繪琉語調輕快，卻帶著自暴自棄的神態。她體型壯碩，頭髮很長，是位三十二歲的女性，服裝也是十分樸素，身上唯一的飾品就只有結婚戒指。

分享空間「接待室」。

九月二十二日，將大阪府豐中市獨棟住家中的一個房間與東京都內我家的和室同步連線後，我開始拍攝上次提到的那位鈴鹿洋二郎老先生的兒子夫妻。

視野下半部浮著一個紅色圓點，那是正在錄影的標誌，紅點右邊顯示著時間紀錄的時間碼，影像資訊正順利傳送到總公司的伺服器裡。

我傳訊息聯繫春介時，反遭他開口求助。他表示訪談這件事我可以自由發揮，他爸爸也希望能透過媒體大爲宣傳一番，不過他希望我能幫忙調查「傳統喪禮」的相關事宜——我爽快答應，馬上動手撰寫企畫書，在會議上提出。

立刻就獲准行動。

事情這麼順利，原因並非是高層看好這份企畫的內容，只是因爲之前的外包導演目前失聯，固定播放的紀實節目快開天窗了。儘管如此我還是很高興。這是個好機會，幸運女神現在站在我這邊。那是半個月前的事。

據說目前在豐中市內綜合醫院住院的洋二郎本人健康情況不佳，因此我先從身邊親人下手。拍攝團隊含我總共四人，我吩咐三個部下去採訪相關領域的專家。

「他才七十歲。」

春介說，神情毫不掩飾地流露出迷惘及悲傷。

「在市公所提供的健康檢查中發現罹患癌症，住院後接受了各種治療，身體卻依然每況愈下……」

他自言自語似地說個不停。自拍攝開始已經過了一個鐘頭，這句話都已經出現第三次了，顯然他真的受到相當大的打擊。態度雖然表現得很冷靜，但內心根本是張皇失措到了頂點。

「結果他又突然下達那種聖旨，把我們搞得暈頭轉向。」

繪琉哈哈笑了起來，遭春介狠瞪一眼，慌張縮起身子。

眼前這兩位已經詢問過醫師、「探望系統」的營運公司和身後團隊了，得知了幾件事。

正如多田之前說的，以前有名爲葬儀社的專門企業會負責安排喪禮的每個環節，提出選擇方案、布置會場、搬運遺體、訂花以及其他所有事宜。再來，喪禮主要是在殯儀館舉行。

當然葬儀社或殯儀館現在都已經找不到了。自從二十一世紀中段，目前的喪禮形式開始普及之後，那些公司轉眼間就都沒了，用「滅絕」這個詞來形容應該還是誇張了點？

「『探望系統』的人都很親切，願意幫我們查資料，他們說會在近期之內找出正確資訊。」

「場地的問題應該也有方法解決。」

繪琉繼續說明，「我們去找中央公民活動中心商量，他們表示雖然沒有前例可循，但幫忙市民是市營單位的職責，答應在能力範圍內盡可能提供協助。還說由於這也有文化上的意義。」

「聽起來一切都很順利。」

「別開玩笑了。」春介雙手抱胸，「這種說法不太好聽，但這件事是有期限的吧？要是最後沒趕上，一切就都沒意義了。我很感謝大家願意幫忙，不過講句真心話，『近期之內』這種用詞讓人很擔心，必須要『分秒必爭』才行。不過我們提出了這種無理的請求，實在不好意思再多說什麼。」

「中央公民活動中心也是，現在也沒辦法預定要借幾月幾號，畢竟我們不曉得爸爸哪一天會走，一切都沒辦法預料，這樣眞的很煩……」

「嗯——」

我沉吟片刻。明明現在還只是在收集資訊及確定舉辦地點的階段而已，僅僅是不用分享空間，喪禮居然可以變得這麼繁雜。我從來沒想過這件事。

「講眞的，我不懂他爲什麼要給我們搞這種飛機，用分享空間跟『探望系統』不就好了嗎？」

春介的語氣激動起來，身體陷進沙發裡，無力地致歉「眞不好意思，讓你聽我發牢騷」。

「不用在意。」我神情認眞地回答，內心正因拍到不經修飾的畫面而暗自竊喜。負面發言最有眞實感這類幼稚的觀點不是我在乎的，重要的是，春介剛剛說的話就代表了他最眞實的情緒，那也正是會第一個閃過觀眾腦海的疑問。

「爲什麼呢？」

我露骨地誘導談話走向，夫妻兩人同時露出困惑的神情。

「我們也想不出來。」

繪琉聳聳肩，略顯刻意地咕溜溜轉著眼睛。

「我爸個性認眞，工作非常努力，人又體貼。可能是因爲家裡只有我一個孩子，他以前經常陪我玩。我讀國中時媽媽意外身亡，後來他幾乎一人包辦了所有家事，不管從主觀客觀來看，他都是一個好爸爸。」

「爸爸老是笑咪咪的，聖人君子就是在講爸爸這種人吧？」

「所以我也很疑惑他爲什麼會提出這種難題。老實說，我也曾懷疑過他的精神狀態或大腦情況是不是出了什麼問題。」

春介直直望向我。

「可是，無論如何，我都認爲必須幫他實現心願。」

這時我才終於發現一件事。

死去的人絕對不會抱怨，因此就算他們只是現在裝出想實現洋二郎希望的模樣，在他死後卻委託分享空間，也根本不會有問題。但春介和繪琉都堅持絕不這麼做，他們當初之所以會爽快答應採訪，也是基於這個理由吧？讓第三者，而且還是身爲媒體從業人員的我們得知父親的意願，加以記錄，斬斷自己的所有退路。

兩人的決心和他們對洋二郎的愛深深震撼了我，我希望幫他們完成這場「隆重的喪禮」，不惜鼎力相助。

原本這只是我爲了自己才企畫的一場拍攝，然而這一刻我卻打從心底希望能助他們一臂之力。我的理智提醒自己太過站在被拍攝者的立場，會對成果造成不好的影響，同時一邊持續拍攝訪談過程。

鈴鹿洋二郎，二〇三八年五月十七日出生於滋賀縣大津市。

他在十八歲那年就離家到大阪府，自近畿大學畢業後，進入大間承包商任職。二〇六七年與當初同一年進公司的同事淺野萌實結婚，搬到豐中市定居，一直到後來住院之前都住在那裡，平常也很積極參加自治團體的聚會。

興趣是散步和聽音樂，並沒有深入涉獵哪種樂風，或特別喜愛哪位音樂人，就是在公司及家裡都經常聽收音機的程度，也沒有特別值得一提的特殊技能。

服裝樸素但品味頗佳，繪琉的描述是「意外地是位型男」。實際上，從我收到的相片看來，他比兒子夫妻要時尚得多。不過他的五官沒有特徵，體型中等，在組織或團體裡看來應該不太出鋒頭。

他熱愛各種甜品，特別是對僅在大阪展店的「第三代陸郎爺爺起司蛋糕」毫無抵抗能力。他討厭昆布茶，據說他的大腦沒辦法將那種味道辨識爲「茶」，會因此而陷入錯亂。

像這種枝微末節的資訊，春介和繪琉都能對答如流，證明親子關係十分良好。

在職場的風評也很高，完全沒有不好的傳聞。目前擔任管理職的過往部下言詞冷淡地如此犀利評論。

「他實在是太過含蓄，做事又不得要領，才會一直當個小員工。」

但那雙看似陰險的小眼睛裡盈滿敬意。

也有一群同期或後進的女性將「他就是所謂的好人」當作缺點提出來，翻譯成白話文就是指「個性善良，但缺乏性魅力」的意思。對於這樣的結果我並不特別意外。

他跟萌實的感情似乎也很好，從春介提供的大量家庭相片及影片中，萌實經常流露出幸福的笑容。

〈我最喜歡阿洋了。〉

這是她在外頭發生車禍後，留給老公的最後一句話。她一到醫院就馬上過世了，三天後舉行了喪禮。據說是透過分享空間，極爲常見的那種。

洋二郎極爲哀慟，卻也沒有在春介面前顯露出自己的心慌意亂。對於喪禮本身，他似乎並沒有什麼不滿。

「找不到。」

我在自家吃午餐時脫口而出這句話。洋二郎希望舉辦「隆重喪禮」的動機，在現階段還看不出頭緒。我隨機在視野中點開相片或影片，試圖從宏觀的架構重新思索整體資訊的涵義。抓不出關鍵動機，就沒辦法替節目主軸定調。

可是我一直沒機會與洋二郎見上一面，他的病情持續惡化，院方謝絕會面。即使到今天，依然沒有醫院允許使用分享空間，甚至還限制個人使用電子裝置交流。這可以說是將醫院聖域化了。醫療現場就因爲醫師愚蠢的價值觀，使得必要的技術沒辦法普及。

我心想這也是採訪的一種價值，這時，春介傳了訊息過來。

〈「探望系統」把一百年前左右的喪禮近乎完整的資料傳過來了。我剛快速瀏覽過一遍，發現只要花點功夫，重現是可行的，能趕上眞是太好了，我終於可以放心了。〉

「太帥了。」

我雙手比出「YES!」的手勢，米粒都飛散到桌面上。我連忙抽出面紙擦乾淨桌面。事情進展得飛快，下次該拍攝重現的流程了。我在心中擬定計畫，同時傳訊息祝賀春介，並定出下次的拍攝日期。接著通知部下這件事，其中兩人傳訊來表示高興。

只有去採訪大學教授的橋爪美羽，左等右等都等不到她的回訊。她雖然才二十幾歲，卻比任何人都要認眞，平常都是第一個回應的。難道是她同時在其他組以計畫生產及相關修正法案爲主題的紀錄片觸礁了嗎？這樣說起來，她偶爾會說出「採訪要靠實地走訪」這類搞錯時代的發言。她該不會是跑去見相關人士，結果捲進麻煩裡了吧？

外頭天色漸暗，我不免擔心起來，正打算要再傳一次訊息時，門鈴突然響了。視野左邊角落顯示出公寓大廈門前的影像，旁邊有鑰匙形狀的圖示。

橋爪正看著這邊，一副心事重重的神情，手裡抱著一個大托特包。我立刻按下鑰匙圖示，解開一樓大門的鎖。

「不好了，和也老大。」

她一走進我家，就把包包裡的東西全倒到桌上，紙本書跟文件紙張堆得滿桌都是。

「怎麼回事？」

「我們得先直接問一下那個老爺爺，不然事情沒辦法進展。不先搞清楚他想要的具體來說到底是哪一種喪禮，中間就可能會產生誤解。」

「妳說什麼傻話，傳統的喪禮就是在分享空間出現之前——」

「我就是要說喪禮是有歷史變遷的。」

橋爪從桌上抓起一疊紙，「葬儀社和殯儀館是在高度經濟成長期出現的，那頂多是一百五十年前的事。」

「咦?」

「聽說在那之前，喪禮基本上是由佛寺主持，稱爲檀家制度。一開始原本是江戶幕府爲了管理民眾，才下令委託全國的佛寺。用現代的話來講，大概就像是區公所的戶籍管理。」

「佛、佛寺?」

「現在的佛教喪禮不是也會播放誦經聲嗎?就是當時留存下來的習俗。聽說那時還會請和尚來誦經、布道，宗教意涵遠比現在重上許多。」

我不曉得這些。她說的每件事，我都從來沒聽過。

橋爪從那堆書裡抽出幾本，

「而神道教喪禮也分爲許多種——沒錯，還有火葬。這也是明治時代才開始普及的，在那以前多半是土葬。現在是不可能了，根本沒地方可以埋，也進不去靈骨塔了。」

「是呀，嗯。」

「還有，當時的喪禮幾乎都是在自己家裡辦的，而且據說送葬是重點。」

「這是什麼意思?」

我不假思索地反問。我已經完全聽不懂她在說什麼了。

「啊啊啊。」

她煩躁地用力搔搔那顆鮑伯頭，連珠炮似地一口氣講完。

「你聽過『大名行列』吧？就是像那樣由亡者家屬、和尚及憑弔客人，排成長長的隊伍從家裡搬運遺體到墓地。那就是整個儀式的核心，你看。」

她送到我眼前的書頁上，有一張符合她剛剛描述的相片。十分模糊，但依然可以辨識上頭的內容。

一列長隊伍走在田埂上，總共不下百人。每個人都穿著寬大外衣，頭戴斗笠，有人提著燈籠，有人拿著上頭黏有鋸齒型白紙的竹棒，還有多位僧侶。此外，還有人挑著木桶。

「……原來如此，遺體放在木桶中。」

「嗯。」橋爪點頭，「越回溯到更早的年代，祭壇就越樸素，每個地區的差異也就越顯著。我剛剛的說法很概略，其實沒有哪種喪禮一直存續，也沒有絕對正確的喪禮，所以必須確認一下那位爺爺的意思。」

我不禁抱住頭，我已經充分認識到這是一場重要的儀式，但我做夢都沒想過那般單純明快的喪禮，居然曾有如此漫長的歷史變遷及五花八門的類別。

我的指尖摸著有些寂寥的頭皮，發現頭好像又更禿了。同時緊急傳訊息給春介。

〇四

十一月二十三日。在「接待室」中間有一張大床，上頭仰躺著一位戴著護目鏡的老先生，他比相片更加瘦削，皺紋也多了些，但確實是鈴鹿洋二郎本人。

他的健康狀況終於好轉，獲准回家，我便提出採訪請求。一旁的橋爪抱著托特包，神情緊張地低頭看著洋二郎。

春介跟繪琉一臉擔憂地站在床旁，兩人之間有位膚色較暗的少年，雙手搭在床架上目不轉睛地盯著洋二郎。那是他們將滿五歲的兒子勝平，看來是不想跟好久沒回來的爺爺分開。

「鈴鹿洋二郎先生。」

我出聲叫喚，老先生的嘴角扯開一個微笑。

「在這兒呢，什麼事？」

他的聲音雖然沙啞，卻出乎意料地清晰。

「你所希望的喪禮，正確來說是哪一種呢？」

「就是很隆重的那種。」洋二郎用顫抖的手指戳了下護目鏡，「不靠這種東西，大家直接碰面的那種舊式喪禮。」

他的語氣飄揚而輕快，光憑聲音完全聽不出來他正受病魔侵襲。然而他的話語又透出難以忽視的焦急，手背上的血管清晰可見，還有幾塊大小不一的斑點。

「其實關於這一點，有件事想詳細請教你一下……」

橋爪從包包裡掏出一塊板子，先詢問洋二郎「請問你看得見嗎？」再詳細說明起喪禮的變遷。

洋二郎默不作聲地聆聽，護目鏡下的眼珠動個不停。他聽得很認眞，繪琉用餵水壺讓他喝點水。

「……原來如此，看來是我沒做好功課了。」

說明結束後過了一會兒，他輕聲低喃。

「超過六十年前了……我小時候，很久以前的新聞節目在網上流傳時看過幾次，裡面說是二十世紀末的影像，庶民的佛教喪禮，還有看到一場好像是個藝人的，姓逸見，名字忘了，一位戴眼鏡的男性。」

他舔了舔唇。

「畫面看起來好莊嚴，我立刻就相信那就是自古以來的做法，毫不懷疑。」

他的臉部肌肉漸漸緊縮，護目鏡下的雙眼泛起霧氣。

「我根本什麼都不懂，還自以爲了不起的提出這種要求，差點就要鬧笑話了……」

「爺爺。」

勝平出聲叫他。

「你肚子痛嗎？所以才哭了嗎？」

「不是啦。」洋二郎又哭又笑地回，突然劇烈咳嗽起來，兒子夫妻趕緊幫他順了順氣。

〈看來沒問題。〉

站在隔壁的橋爪傳來訊息，我們無聲地對看一眼，同時點點頭。二十世紀末是一百一十年前左右，洋二郎看到的喪禮，可以用「探望系統」提供的資料重現。

繞了好大一圈，終於能夠清楚看到前方的道路了。

「老爸，謝謝。」

春介狀似鬆了一口氣。

後來我們在洋二郎體力許可的範圍內，根據資料討論喪禮的內容，一一確認細節。勝平偶爾會說出天外飛來一筆的發言，有時又跟爺爺撒個嬌，每次都緩和了氣氛，逗得大家面露微笑。反過來看，要是沒有勝平在，現場就會一直很凝重。每個人都深切體認到時間所剩無幾，必須要盡快決定一切。

〈要不要問一下動機？有這個必要吧？〉

採訪開始大約兩小時後，橋爪拋來這個問題，我微微搖頭。眼前正與兒子夫妻認真討論的洋二郎，比剛碰面時明顯衰弱了許多。

鈴鹿洋二郎過世，是在採訪結束的一週後。

那天之後，他的病況惡化，再度緊急住院，隔天就陷入昏迷，然後他便沒有再醒過來，撒手人寰了。告訴我這件事的，是一直貼身採訪兒子夫妻的橋爪。

〈我跟著哭了好久，影像可能會因淚水有點模糊。〉

傳來的影像檔上出現了哀慟坐在自家起居室的兒子一家。

兩天後，一張明信片寄到月光影像企畫總公司大樓，這是一種用紙張傳遞訊息的方式，現代已經很少見了。平常那些都拿我當空氣的公司同仁，敵不過好奇心，紛紛聚到我的桌旁。

明信片上這麼寫著。

〈父　洋二郎先生　歷經長期療養，不幸於十一月三十日病逝。藉此通知，並感謝諸位生前的深厚情誼。

此外，喪禮告別式將照左側內容執行。〉

一、時間　守夜　十二月七日　下午九時起

喪禮告別式　十二月八日　早上十一時起

會場　豐中市中央公民活動中心……〉

「守夜？」

「據說真的是得守一整晚。」

我一邊錄影一邊回答。一百年前的人會在「喪禮告別式」前一晚舉行守夜，這個習俗也可以稱得上是喪禮的預演。聽說原來是讓親人徹夜守在會場，彼此分享與亡者之間的回憶，名稱也是由此而來的。

「喪禮告別式是正式的名稱嗎？」

恰巧經過的年輕同仁準確抓到關鍵問題，我先用肢體語言表示感激，才開口解釋「喪禮」跟「告別式」分別是兩種不同的儀式，以及這次同時舉行的理由。我早就看過無數遍資料，內容應該是記得滾瓜爛熟才對，不過一旦面對他人時，卻沒辦法流暢地說明，越講越沒信心。我暗自下定決心，節目上一定要用圖片輔助解釋。

「天禰，奠儀要怎麼辦？」

就連製作部長也興味盎然地加入討論，「不能用分享空間，發通知時也不靠『探望系統』而用紙張，這樣看來，該不會是要給現金吧？」

哇賽，有夠麻煩的。周遭眾人紛紛驚呼。這個年代哪有人還在用現金。就連接受現金的銀行分店也寥寥可數。

「要重現這個部份的確太過費事，我跟鈴鹿先生的兒子討論過，後來有找到解決方案，就用小字寫在明信片的角落上，不過我直接做給你們看好了。」

我從辦公桌抽屜拿出一張全新的現金儲值卡。簡約的黑白設計，裡頭已經預先存進一萬圓。大家紛紛點頭應和「喔喔」、「就說嘛」。我再將信封放上桌面。白底襯著黑白配色的水引繩結，正面中央寫著「奠儀」兩字。

「要放進這裡面，對吧？」

「嗯，不過還需要先做一件事。」

我用手指夾起儲值卡，拿起桌上的刀片在表面輕輕劃了幾刀，留下幾條斜斜的並排白色細痕，周圍一片嘩然。

「這樣做……」我抬高音量，「是因爲奠儀不能用新鈔。因爲新鈔一定要去銀行領，不然很難拿到手，換句話說，是必須提前準備好的東西。相反地，禮金就一定要用新鈔，代表自己一直衷心期盼這一天的到來。」

喔——恍然大悟的驚呼聲包圍住我。

「所以你才要在儲值卡劃上刮痕，讓它看起來『比較舊』，對吧？」

「對，舊鈔代表的含意是沒時間準備，根本沒想到這一天會突然降臨，難以置信對方居然過世了，自己不希望這種事發生，簡單來說——」

話突然哽在喉頭，胸口彷彿有塊大石壓著，我明明只是在解釋從前的奠儀細節，一股酸楚卻在內心泛開，腦海裡浮現出鈴鹿洋二郎的笑臉。

我拚命想擠出話來。

「就是在說，我很遺憾，對吧？」

製作部長簡潔下了結論。

現場再沒人說一句話，大家都神情複雜地凝望著那張留下幾道傷痕的儲值卡。

十二月七日，晚上八點。

我在阪急電鐵曾根站下車，一走出剪票口，就不由得驚訝地叫出來。

在公車轉運站一角，商店街入口拱門型招牌的兩側，住辦混合大樓的上方——到處都裝上了巨大的液晶螢幕。

〈鈴鹿洋二郎　十二月七日守夜、八日喪禮告別式會場←〉

文字旁邊還有洋二郎的相片，正朝著我這邊展露含蓄的微笑。我望著滿是電子螢幕的街景，將一幅幅看板都拍了下來。

聽說在還沒有電子隱形眼鏡裝置的導航系統的年代，倘若有人過世了，就會在電線杆貼上標出方向的紙張，引導大家走到喪禮會場。可是這一百年來幾乎全國的電線杆都地下化了，路面上根本看不到電線杆了。設置電子螢幕是替代方案，在視覺上反倒極為醒目，許多路人都饒有興味地盯著看板。

「妳看，就是那個，之前大家在講的那個。」

「眞的耶。」

兩位經過的中年女性伸手指向電子看板。一人是纖瘦的褐髮女性，另一人則有一頭黑色短髮，下巴有一顆痣。褐髮女性略微不屑地說「這有什麼意義」、「這些人不曉得都在想些什麼」，黑髮女性則皺眉點點頭。

一旦開始準備喪禮事宜，左鄰右舍紛紛投來冰冷的目光。春介跟繪琉曾因此發過牢騷，我也在採訪時親身體驗到了，而那幾個下屬暗地拍到的畫面裡，也記錄了鄰居及相關人士毫不掩飾的謾罵及嘲笑。要裝設液晶看板時，也看盡了客運公司、商店街及大樓管理公司的臉色，聽說就連勝平都在幼稚園被排擠了。

兒子一家完全被當作異類，非要舉行沒意義又沒效率儀式的奇怪家庭。

我察覺到目光，回過頭，方才那兩位女性正好奇地盯著我瞧。想來是因爲我身上的喪服。她們對於要參加可疑儀式的可疑人物感到好奇。

我調整下領帶，便朝著看板上箭頭指的方向邁出步伐。

從車站走過來要三分鐘，中央公民活動中心的正門已經緊閉，靠牆安置的看板上寫著〈參加鈴鹿洋二郎守夜儀式，請繞至後方入口。喪主　鈴鹿春介〉。

我走進館內，按照貼在牆壁上的箭頭往前走。電燈只亮了一半，走廊十分昏暗，放眼所及，一個人影都沒有，空蕩蕩的室內只有我的腳步聲迴盪著。

活動中心的職員在得知守夜的規矩後，態度一百八十度大轉變，告訴春介「半夜不能出借場地」。在努力交涉之後，對方才終於點頭，但不願派人手協助。

會場設在一樓的最深處，入口旁擺了一張長桌，方向與走廊牆面平行。桌面上整齊放著精裝的穿線簿子及自來水毛筆，是「芳名簿」。憑弔客人要在上頭填入自己的姓名與地址。這是爲了統整客人的資訊，可是用這種形式透露個資極爲危險。

〈不好意思，我剛剛有事離開了一下。〉

我回過頭，後方站著一身喪服打扮的橋爪，臉上難得化了妝。我嚇了一跳。她已經繞回桌子對面，朝我遞來那本芳名簿。

在門的另一側，會場內一片靜默，籠罩在深沉的哀傷之中。那股氣氛直接傳了過來，我彷彿還能聽到微弱的抽泣聲。是否不該出聲？我莫名猶豫起來，最終還是決定傳訊息給人就站在眼前的橋爪。

〈爲什麼是妳在這裡？〉

〈人手不足。沒有人要幫忙。〉

〈這樣呀……這個，一定要寫嗎？〉

〈這也兼作禮簿，而且……〉

橋爪翻開芳名簿，〈禁止拍攝〉這幾個鮮紅大字霍然躍上在視野的正中央。簿子上埋有特殊晶片，會強制在電子裝置上顯示出特效文字。雖然還是有方法可以消除這些文字，但總比什麼防護都沒有要安全得多。我停止拍攝。

在視野角落叫出自己的履歷，用直書將內容抄寫下來。我的字也太醜了，而且才寫幾個字就花了好多時間。好不容易寫完後，我抬起頭，橋爪朝我伸出雙手，我疑惑地偏頭思索。

進入會場前要先握手？有這個步驟嗎？我不記得有這件事。還是只有守夜時需要？我實在想不起來。好像也是有。算了，肯定是這樣。

我也伸出雙手握住她的那瞬間。

〈是請你給我奠儀。〉

橋爪冷著臉輕輕鬆手。

會場是一間五十平方公尺左右的會議室，現在當然還沒有任何賓客來，四周都掛上黑白相間的喪用布幕，擺上一排排的折疊椅。

最裡頭的祭壇是由未上漆的木材製成，面向祭壇的右手邊刻著風神，左手邊雕了雷神，神情皆威嚴肅穆，手臂及腿部肌肉繃得像是下一刻就要動起來似的。風與雷的抽象設計圖案點綴在各處，壇腳裝飾著數不清的花朵。

眾神合力捧著一台展示器，上頭顯示了洋二郎的相片，是遺照。型號跟車站前面的電子螢幕一樣。

棺木上蓋著白布，前方檯面上擺著香爐。

這個畫面對我來說十分熟悉，守夜跟喪禮告別式在外觀上似乎與分享空間的喪禮大同小異，只是這次眼前物品全都是實體。無論是黑白相間的布幕、木製的祭壇、白色紫色的花朵、遺照、棺木或香爐，都不再是分享空間投影到電子隱形眼鏡裝置上的虛擬實像，而是一一委託窗簾工廠、神社木匠等專家特別訂製的，全世界獨一無二的物品。

從下屬拍回來的影片，我看了其中幾段製造過程。春介去拜託看似脾氣暴躁的工廠廠長，繪琉去找態度清冷的木匠懇談。原本他們都相當排斥，但最後受夫妻及下屬的誠意打動，全都一口答應下來，投注自身具備的一切知識及技術，仔細做出訂製成品。儘管所有工序得壓縮在短期間內完成，也沒有絲毫偷工減料。

就爲了建構出替一個人送行的空間，已經有這麼多人鼎力相助。而這個會場本身，也是眾人智慧的結晶。

我胸口驀地發熱，再次開啓錄影功能，將視線投往正面的右手邊。

春介神情虛脫地癱坐在摺疊椅上，連嘴唇都發白了。

旁邊的繪琉臉埋在雙手中，肩膀不住顫動啜泣著。

只有勝平一臉平靜，端正地坐在椅子上。

「鈴鹿先生，我很遺憾，請你們節哀順變。」

我低聲搭話，卻沒有得到任何回應。兩人大概都沒注意到我，一點反應都沒有。

「請你們節哀——」

「啊啊。」

春介從椅子上跳起來，大口喘著氣。他的呼吸十分濁重，神情狼狽地望著我。

我正因他突如起來的舉動而疑惑時，勝平臉上掛著惡作劇般的笑容問「爸爸你怎麼了？」繪琉滿布血絲的雙眼透過指縫看著我。

「……天㸚先生。」

春介嘴唇顫抖道。

「怎麼回事？」

「完、完蛋了。」

他飄忽不定的視線比向棺材。

發生什麼事了嗎？棺材，不——遺體。

我走到棺材前，尋找打開小窗戶的按鈕，又立刻想起這次沒有那種東西，便將手指搭上小窗戶的把手，勝平不知何時已經站到了棺材另一側。

「你爸爸剛才是怎麼了？」

「誰曉得。」

我瞥了眼側頭表示不知的他，輕輕拉開小窗戶。

一張發黑皺縮的臉龐躍入眼簾。

睜大到極致的雙眼直勾勾瞪著我。

從鼻孔流出的血液，一路流過嘴唇、外露的牙齒及下巴。血的氣味。還有我從未聞過的一種混濁異樣的臭氣。

在我認知到遺體上的那張臉就是洋二郎的瞬間。

「唔哇啊啊啊！」

我驚聲慘叫，往後跳開，屁股狠狠撞上折疊椅，整個人朝天摔倒在地上，框啷框啷的巨響迴盪在會場中。

「哈哈哈哈！」

緊跟著響起的是勝平的大笑聲。

「叔、叔慘叫了，哈哈哈。」他屈著身子，捧腹大笑。

橋爪連忙從入口跑過來，關切問「沒事吧」。

「咦咦咦？這是怎麼回事？那是什麼？」

我過了一陣子才發現，那不成調的嘶啞聲音是我自己發出來的。我努力將深深烙印在腦海的那張洋二郎的臉拋諸腦後。那是什麼？這到底是怎麼一回事？

那跟我在分享空間的喪禮中看到的遺體不一樣，至少媽媽的臉並不是那副德性，她看起來跟生前幾乎沒有差別。

「……就是會變成這樣。」

春介依然坐在椅子上，艱難地擠出這幾個字。

「死前如果承受巨大痛苦，臉孔就會扭曲。死亡後，遺體就會腐敗，血管破裂，血液會從各種縫隙流出來，皮膚也會變色，身體會先變得僵硬再鬆弛下來。天瀰先生，這些知識你應該也都很清楚，就算不曉得，思考一下至少也都想像得出來。」

「嗯。可是在『探望系統』……」

「剛剛，身後團隊把遺體送來，我打開窗戶看到裡面後，就立刻問過『探望系統』了。我才曉得原來在分享空間喪禮中的遺體，全都爲了適合觀賞而修過片。」

「咦咦咦咦！」

「有時候還不會用遺體，而是拿生前的掃描檔來用。」

「怎麼可能。」橋爪站起身。

「他們說——爲保持喪禮肅穆的氣氛，修片是必要的，請您務必理解與包涵。」

「那以前是怎麼做的？」

「他們說有種叫作遺體化妝師的職業，國外則有名爲遺體保存師的專家。做法好像不太一樣。」

春介從背後攬住妻子的肩膀，臉上露出僵硬的笑容。

「資料上也都有，你不記得了嗎？寫得一清二楚。但我當時認爲沒必要，就沒打算重現這部分，根本沒想到事情會變成這樣。天禰先生，你也一樣吧？」

我依然坐在地上，輕輕點了頭。

砰咚。

橋爪趴著倒在棺木前的地上，全身都微微痙攣著。

勝平說，「大姊姊昏倒了。」笑嘻嘻地向她跑過去。

〇五

我們去車站前的超市將所有能買到的乾冰、工作手套、毛巾、面紙、成人紙尿布、除臭劑跟口罩都搜刮一空，動手清理遺體。最冷靜的人是勝平，接著恢復沉著的是繪琉，而最慌張的人是我。

橋爪甦醒後連聲道歉「眞的很對不起」，我便派她去入口外面看著，負責阻止賓客進來。

「請各位再稍等一會兒，畢竟我們是第一次舉辦。」

我聽著大門另一頭橋爪的聲音，這一刻終於明白。

爲什麼會有殯儀館這種場所？

爲什麼會有專門用來舉辦喪禮的設施？

就是因爲需要放置這種東西。

誰能在擺過這種東西的地方若無其事地開會、運動，或者是看演唱會。就算能加工成「適合觀賞的外貌」，也無法避免腐敗。不可能會有哪個地方樂意讓人擺放這種快速腐敗的人型肉塊。

「這件事要對活動中心的人保密，勝平，你也不能講喔。」

我不曾看過屍體，也從不了解什麼是屍體，世界上大多數人肯定也都一樣。不管生病或受傷，人送到醫院後，就只需要等「探望系統」傳來報告。如果沒死，就去接人恭喜他出院，如果死了，就用分享空間喪禮送他一程。即使送長者去老人安養院，也很少過去看他，基本上都是交給「探望系統」。

從我小時候，世界就一直是這樣運作的，我一直認爲這一切很理所當然，還自以爲是地認爲「醫院的聖域化根本不合理」，卻想都沒想過要親自走一趟看看。

我們將面紙塞進遺體上的所有孔洞裡，在棺材中鋪滿乾冰，擺進除臭劑，仔細確認周圍有沒有沾到髒汙。

時間已經超過十點了。

「現在到底是什麼情況？」

憑弔客人不耐煩的聲音穿過門扉傳了過來。

〈還沒好嗎？已經來了超過二十人。〉

「這樣誰睡得著，根本不敢睡。」

繪琉神情緊張地嘟噥，春介擦去額頭的汗珠，

「嗯，只好徹夜守著爸爸了，名副其實的守夜。」

他露出下定決心的神情，朝門的方向緩緩邁開步伐。勝平用信賴的目光凝視著他的背影。

我留意到視野裡沒有顯示出紅色圓點，才想起剛剛在開始清理遺體前我把錄影關掉了。我在心中懊惱地直跺腳。

隔天正午。

我神智恍惚地待在會場一角持續拍攝，身體極度疲勞，神經卻依然繃得很緊，我既睏倦又精神亢奮。

我正在拍攝用宏亮聲音誦經的年輕僧侶，時而拉近鏡頭時而拉遠。

他早上七點就到了，先跟我們仔細討論細節。他有些不好意思地坦白自己從來不曾在喪禮上誦經，不過他的誦經聲十分有感染力，聽在我這個外行人耳裡只覺得相當優美。雙頰淌下大量汗水的模樣顯得十分懇切，能感受到他的一心一意。

憑弔客人全坐在折疊椅上。

大家都用難解神情抬頭瞻仰在風神雷神簇擁之下的儀容。他們大概是震攝於神明的威嚴，不，應該是都看入迷了。有幾個人甚至露出極爲陶醉的神情，讓我不由得這樣猜測。

燒香隊伍。

完美重複前一個人的所有動作。向遺照一鞠躬，合掌，再捏起一撮香粉舉到眼睛高度，然後放開手指讓香粉輕輕飄落香爐。重複做兩次後，向遺照合掌致意，最後再向僧侶鞠躬就結束了。沒有任何客人慌張地左右張望，也沒有哪個客人犯下大錯，是我們說明的方式進步了？還是大家都非常認眞的緣故呢？

昨晚不管我們多用心說明，還是有客人讓香粉飄進眼睛裡直喊「好痛！」也有人把手指插進香爐，一邊大叫「燙死我了！」一邊跳腳。還有一些人不曉得從哪裡聽來這種偏方，用手將線香飄盪出的白煙往自己身上虛弱的部位搧，而且這種人還多達十幾個。我們說「你們搞錯了」制止他們，但其實我也不曉得究竟是哪裡搞錯了，爲什麼不能在這裡這樣做。我在暗自下定決心，回去後一定要好好研究一番。

原本擔心會有臭味，結果其實聞不出來，血也沒有漏出來。看起來沒有人發現異狀。深夜我們估計著應該沒人會來的時機數度清理遺體，看來是計畫成功了。

正如繪琉之前說的，我們根本沒有睡意，不管是我、春介夫妻、橋爪，甚至是勝平，都一夜沒睡，就在活動中心撐到天亮，才去廁所稍微打理了下儀容，爲喪禮告別式做準備，然後就一直到現在了。

原本還擔心情況不曉得會變成怎麼樣，不過目前一切順利，現場營造出一股比分享空間喪禮還要莊嚴而靜謐的氛圍。儘管有個道具因爲廠商失誤還沒送抵會場，只要等那東西到了，一切就圓滿了。

〈預備用的第三本芳名簿也快寫完了。〉

橋爪傳來訊息。

〈現在還有人來？眞不得了。〉

我這麼回應，將目光移向會場入口。

許多人靠牆站著，其中有些人身穿喪服，但多半都是日常打扮，還有人手上提著塑膠袋，明顯是剛採買完東西。那些將大型背包放在身旁的男女是背包客嗎？也有人去排燒香的隊伍。

碰巧看到電子螢幕的人，剛好路過活動中心的人，接連出於好奇而來。他們一聽說可以用身上的現金儲值卡當作奠儀，紛紛爽快地遞給橋爪。

大概都是些來湊熱鬧的傢伙。可是他們的神情同樣認眞，有人眼眶裡還有淚水在打轉。也許只是受到現場氣氛催化，不過他們的舉止和表情，都沒有一絲輕浮。

看起來都打從心底哀悼一位陌生老人的逝去。這讓我發現，這個會場裡充盈著一股促使陌生人自然而然這麼做的力量。

又有一個新的憑弔客人走進來，我驚愕地睜大雙眼。

那頭黑色短髮，下巴上的那顆黑痣。

是昨天在看板前指指點點的兩位中年女性之一。她身穿喪服，表情沉痛凝重，跟當時簡直判若兩人。

她戰戰兢兢地排進燒香的行列，用手帕摀鼻凝視著遺照，目光裡沒了昨天的輕蔑，滿是敬意與悲傷。

我感動莫名，幾乎快要哭出來，慌忙掩住嘴巴。視野中漸漸泛起霧氣，我只好半屈著身快步離開會場，朝廁所走去。

摘下電子隱形眼鏡裝置後，我在洗手台洗臉藏去淚水，嘗試壓下內心汩汩湧出的情感，決定發揮理智抽身客觀地看待自己。

我出生以來第一次參加眞正的喪禮，內心感到非常震撼，深受感動。

我之前還認爲自己好好送了媽媽一程，現在回想起來只覺得可恥，當時居然還跟柚菜互相說「真是一場出色的喪禮」，簡直太愚蠢了。

幸好我當初決定要採訪，回去後得好好感謝提議的多田。我不停告誡自己要冷靜，要平靜點，手裡一邊忙著將隱形眼鏡裝回去，掏出手帕，擦乾臉龐。當我用煥然一新的態度走出廁所的瞬間，迎面遇上一位女性。

是剛剛那位有黑痣的女性，她垂下哭紅的雙眼，低頭說了句「不好意思」。

「不會……那個，請問妳不去燒香嗎？」

我想都沒想就脫口問出。剛剛隊伍排得那麼長，她不可能這麼快就完成燒香了。

她露出尷尬的微笑反問我，「你是工作人員嗎？」

「算是來幫忙的，怎麼了嗎？」

「那個人，過世的那位先生，那個……」

看來果然是陌生人。

「鈴鹿洋二郎先生。」

「我想請教一下幾件跟他有關的事。」

「請問。」

她遲疑片刻，最終深深吸了一口氣，小聲問：

「他是不是喜歡第三代陸郎爺爺的起司蛋糕？」

「對。」

「興趣是散步嗎？」

「嗯，我聽說是這樣。」

「他不喜歡喝昆布茶，說大腦會認知失調。」

「……」

我說不出話來了，我沒辦法回「沒錯」這兩個字。春介確實是這樣說的，但我現在根本連聲音都發不出來。

這位下巴有黑痣的女性爲什麼會這麼了解洋二郎？不只是喜歡什麼討厭什麼而已，就連理由都一清二楚。可是，她卻不曉得洋二郎的姓名。

「對嗎？還是我說錯了？請你告訴我。」

她反覆問了好幾次，我一回過神就反射性答道，「妳說的沒錯，是因爲會認知失調。」

「他太太是車禍過世的？在他兒子讀國中的時候。」

她像是想多加確認似地追問。

我沉默地點頭。

那位女性的臉部肌肉漸漸繃緊，淚水滑下雙頰，沿著下巴滴落地板。

「原來……是死了。還想說他怎麼突然不來了……」

她拿手帕擦拭眼角，摀住鼻子。

「不過我很高興，他用這種方式通知我了。」

她流著淚，同時露出滿足的笑容，目光投向會場，彷彿眼中已經沒了我這個人。一臉沉醉地低喃著「太好了」、「謝謝你」。

各種思緒竄進內心，大腦立刻架構出一個假設。

洋二郎爲什麼會想舉辦一場「隆重的喪禮」呢？爲什麼要執著於舊式喪禮，不用分享空間或「探望系統」呢？

就是爲了通知這位女性自己過世的消息，爲了在死後再見她一面。兩人別說是姓名了，大概連對方住哪裡都不曉得，然而感情看來卻十分深厚。洋二郎的「散步」說不定是——

「不好意思，請問妳跟洋二郎先生是什麼關係？」

我拋出問題，抬起頭才發現那位女性早已不見人影。我轉向會場，看見她的背影又回到了燒香的隊伍中。

春介的聲音透過麥克風響起。

「今天各位在百忙之中撥空前來，我實在是萬分感激。」

我一走回會場，就看到他站在祭壇旁邊，手裡拿著麥克風正在發言。

「這一場喪禮告別式的形式很少見，在座有些朋友內心可能會有些疑惑。這是我爸爸的遺願。老實說，當初我也很氣他為什麼要出這種難題給我們，甚至還想過等他過世之後，我就要假裝從來沒這回事。」

他的語氣帶點玩笑意味，眾人含蓄地笑了。

「不過我現在真心覺得幸好我做了，我們這些留下來的親人，才能藉機好好跟他道別。今天聚集在這裡的各位，有很多是來懷念、憑弔曾經偶然相逢的故人。」

眾人相繼點頭，還有人又流淚了。

我再度開始錄影。

「不好意思，請問你是工作人員嗎？」

聽到背後有人低聲叫我，我便回過頭。有位身穿寬鬆晚宴服的瘦小青年，一臉歉意地站著。

「我是豐中魔術道具出租公司的員工，很抱歉我遲到了。」

他出言道歉，同時伸手比向一旁的推車。推車上放著一個大如系統式衛浴的黑色箱子。

我小聲回，「請立刻在這裡放出來。」

「已經要結束了，快點。」

我毫不客氣地催促，青年慌忙輕撫黑箱頂端那一面，上頭陸續出現紅色文字及記號，他快速依序按下，這時春介還在分享感言。

「無論哪一點，都是分享空間的喪禮做不到的，那種將一切全都外包處理，著重高效率及省事的仿造品是絕對辦不到的。我的爸爸，洋二郎，一定是想將這個重要的訊息傳達給我們，不光是對我們家人，也對攝影組的全體工作人員，還有社會上的各位。」

他含淚舉起一隻手，挺胸昂然道：

「爸爸用他的性命教導我們，我們絕不該遺忘的重要事物。」

青年按下「OPEN」這四個英文字母的瞬間，箱子前面猛然敞開，許多白色影子如子彈般射出，在人群頭上展翅飛舞。

白鴿。

三十隻白鴿發出激昂的振翅聲在會場盤旋，歡呼聲不絕於耳，甚至有人失聲痛哭。

「爸爸眞了不起，我以你爲榮。謝謝你，爸爸。」

春介說完的瞬間，會場中響起熱烈掌聲，完美符合了掌聲雷動這個形容，震耳欲聾的聲響迴盪在每一個角落。

繪琉一邊啜泣一邊不停拍手，勝平神情驕傲地望著自己父親。一隻白鴿在春介的肩膀停下，隨著歡呼聲四起，掌聲又如高漲的潮水般湧來，春介一時感慨萬千，忍不住站在原地壓抑地哭起來。

那位下巴有黑痣的女性朝這個方向瞥了一眼，又立刻別開視線。

潔白羽毛在會場中飄散，我恍惚地繼續拍攝眼前的景象。

番外極短篇

樹理說她是在剛上大學時，發現事情不對勁的。

「搞不好其實更早以前就開始了，從我還在讀國中，不，小學時，這也是有可能。雖然就只是一種感覺而已。」

當時身爲網路節目導演的父親、上班族的母親和她，三人相隔許久才又聚在一塊兒吃晚餐，父親正夾起一口飯要送進口中時，動作突然不自然地停住，樹理沒有漏看這一幕。父親露出疑惑的神情，頻頻眨眼睛。

樹理透過「電眼」發訊息問他。

〈怎麼了？〉

「沒事。」父親用嘴巴回答，吞下那一口飯，才接著說，「只是我的電眼又森七七了。」她立刻就知道他在說謊。每次他刻意使用年輕世代的流行用語時，就代表他有事隱瞞。而且他前陣子才剛換新的電眼——電子隱形眼鏡裝置，當時不是還喜孜孜地說，「喔，新的電眼完全不會森七七，訊息都能看得一清二楚，視線輸入也順暢無比。」嗎？樹理如此提出質疑。

〈妳不用管，樹理。〉

視野一角顯示出短訊內容，傳送者是父親。他本人正面有難色地喝著味噌湯，而剛才去廚房拿葡萄酒的母親走回來時，父親又傳來訊息。

〈誰都別講。〉

他是不想把事情鬧大，讓母親操心吧？

樹理當時推斷原因在此，便不再追問。

父親無時無刻都在揉眼睛，一天到晚在洗眼睛。

他在家裡時的言行舉止明顯失去了一致性，並且日漸消瘦。

某天假日父親又去買了新的電眼回家，到了晚上樹理再次詢問。

父親確定母親正在洗澡後，便這麼回答：

「我會收到奇怪的訊息。」

「誰傳的？」

「每次都是不同人。有工作夥伴也有朋友，但我問他們時，每個人都說自己沒傳。難道是有人在利用別人的信箱傳怪訊息給我嗎？不過最奇怪的是——我只要一已讀，訊息就立刻消失了。」

父親也曾去請教網路裝置的專家，可是別說對方用的方法了，他連犯人是誰都不曉得，更何況還沒留下任何紀錄。聽說專家還懷疑他可能是在撒謊。

「他說我可能是看到幻覺了。」

是工作壓力太大引起的嗎？所以父親才經常洗眼睛、讓眼睛休息？樹理覺得有幾分道理，同時也略微擔憂，自然而然地關切詢問，「都是怎麼樣的內容？」

父親沉默了。他坐在沙發上，沒有開口的意思。

臉色變得十分蒼白。

「爸，那是怎麼樣的訊息？」

「不談這件事了，一定只是我太累了。」

「可是……」

「抱歉讓妳擔心了。」父親想用道歉終止這個話題，勉強擠出一個笑容。

「爸——」

〈閉嘴，樹理。〉

父親傳來的。寥寥數字展露出強烈的拒絕與敵意，令樹理頓時全身繃緊。

〈你爲什麼要這樣說話？〉儘管淚水在眼裡漫開，她依然立刻用視線輸入回訊。

〈閉嘴，樹理。〉

〈爸。〉

「樹理，妳怎麼了？怎麼突然哭了？」

父親訝異地抬頭望向樹理。

他身旁還擺著一盒未開封的電眼。

「爸，你現在戴著電眼嗎？」

「沒有。舊的請眼科處理了，妳怎麼突然問這——」

父親似乎察覺到發生什麼事了，他霎時緊張起來，神情變得僵硬。

〈閉嘴，樹理，叫妳爸也閉嘴。〉

樹理當場昏了過去。

「說不定，我們一直以爲是在跟對方傳訊息，其實卻有一些其他人傳的內容混在裡面，光想到這一點我的雞皮疙瘩都冒出來了。」

如今樹理常戴型號極爲老舊的電眼鏡——電子眼鏡型裝置。她說這種機型不會收到奇怪的訊息，後來父母親都學她，全家人跟著戴起電眼鏡。

「不過，那個……」

我正要把心中疑慮問出口時，她笑著回，「嗯。」

「我只是努力這樣想而已。只是說服自己去相信舊型號很安全罷了。」

她說，現在她們家規定家人聚在一起時，一定要開口對話。

恠23／傳達愛意，就照左側內容執行——六個關於家的恐怖故事

原著書名／ファミリーランド
作　　者／澤村伊智
原出版者／早川書房
翻　　譯／徐欣怡
編輯總監／劉麗眞
責任編輯／張麗嫺
總 經 理／陳逸瑛
榮譽社長／詹宏志
發 行 人／涂玉雲
出 版 社／獨步文化
城邦文化事業股份有限公司
104台北市中山區民生東路二段141號5樓
電話：(02) 2500-7696　傳眞：(02) 2500-1967
發　　行／英屬蓋曼群島商家庭傳媒股份有限公司
城邦分公司
104 台北市中山區民生東路二段141號2樓
網址／www.cite.com.tw
讀者服務專線／(02) 2500-7718；2500-7719
服務時間／週一至週五：09：30～12：00　13：30～17：00
24小時傳眞服務／(02) 2500-1900；2500-1991
讀者服務信箱E-mail／service@readingclub.com.tw
劃撥帳號／19863813
戶名／書虫股份有限公司
香港發行所／城邦（香港）出版集團有限公司
香港灣仔駱克道193號號1樓東超商業中心
電話／(852) 2508-6231　傳眞／(852) 2578-9337
E-mail／hkcite@biznetvigator.com
馬新發行所／城邦（馬新）出版集團
Cite (M) Sdn Bhd
41, Jalan Radin Anum, Bandar Baru Sri Petaling,
57000 Kuala Lumpur, Malaysia.
Tel: (603) 90578822
Fax:(603) 90576622
email:cite@cite.com.my
封面設計／倪旻鋒
印　　刷／中原造像股份有限公司
排　　版／陳瑜安
●2021年（民110）4月初版
售價380元

ISBN 978-986-5580-01-8

國家圖書館出版品預行編目資料

傳達愛意,就照左側內容執行：六個關於家的恐怖
故事／澤村伊智著；徐欣怡譯. –初版. – 臺北市：
獨步文化，城邦文化事業股份有限公司出版：英
屬蓋曼群島商家庭傳媒股份有限公司城邦分公
司發行，民110.04
　面；　公分. --（恠；23）
譯自：ファミリーランド
ISBN 978-986-5580-01-8（平裝）

861.57　　　　110001575